We read the world

我看见了鸟

單讀
One-way Street
41

I SAW A BIRD　　　吴琦 主编

上海文艺出版社

出品人	许知远　于威　张帆
主编	吴琦
执行主编	何珊珊
设计装帧	李政坷
特约编辑	罗丹妮
英文编辑	Allen Young
荣誉出品人	鹇鹇　噜太　牛晏杰 溯．　Shining　吴昱圻

本辑《单读》的"水手计划"栏目由单向街基金会和单读共同发起。"水手计划"致力于资助青年创作者的田野调查，以及文化和艺术创作。联系方式：info@owsfoundation.com。

编者按

越来越多的朋友在观鸟。不只是鸟,其他物种和自然系统的各个细部,都在人类中心主义的失败故事里,变得可见起来。我们好奇这背后是怎样的动机在驱使?进入自然有哪些讲究和方法?这些人在日复一日的观看中到底得到了什么?于是继《单读 30·去公园和野外》之后,《单读》再度以"自然"为题。

我们邀请六位已经与自然亲密相处数年的写作者,发来他们新近的作品。各中足迹从城市到乡野,从异国他乡的林间到中国西南边陲的山区,他们用自己的眼睛和知识,敏锐地捕捉着那些我们也许见过但不曾留心的生命轨迹。在他们笔下,这些动物与植物拥有了完整的样子,有时像惹人心怜的孩子,有时像充满智慧的老师,有时它们就像我们,但又绝不同于我们。我们付出努力,想要多看见一点,而它们所见证的,很远、很高地超过了我们,俯瞰着人类平凡的生存。

此外,本辑《单读》继续发表"水手计划"的作品。第三届"水手"林雪虹和芮兰馨的写作都以自己的家庭史为原点,编织起另一些被历史掩盖的普通人所留下的生命印痕。

(书名参考了阿乙小说《鸟,看见我了》,特此致谢。)

001	认识一个春天	周玮
031	盈江鸟事	任宁
073	纯真的"反动": 做真菌/地衣/苔藓/森林是怎样一种感觉	安小庆
105	我想讲的关于水雉的故事	陈创彬
151	我的伊林深水潭	欧阳婷
181	黄昏柏子香	沈书枝

水 手 计 划

235	学做衣	林雪虹
253	未竟的路	芮兰馨

认识一个春天

撰文 周玮

我探索附近一带。

——安妮·迪拉德（Annie Dillard）

一

地拉那的春天来得格外早。连日晴空，碧蓝天穹下满缀明黄花穗的高树，晨光映照下尤为灿烂。街市、公园、院落墙外都能见到，看多少次都在心里盛赞——因我久居冬日漫长的北方，还从来没有在2月中旬见过如此流光溢彩的花树。这个时节最亮眼的花仅它一种，而且还有怡人的芳香，只是难以形容，记忆里没有类似的香气。气味又捉摸不定，不是每一次站在树下我都能闻到。

路边也有小贩在卖花枝，我们买来几束，分插装瓶，凡那金色流淌之处，总令人心情振奋。小小的黄花像蓬松的绒球，银绿的二回羽状复叶修长精巧。我特意装了一小瓶剪下的叶子放在床头，那也有好闻的草木香。插瓶后叶子很快收敛闭合，就像含羞草的叶子被触碰后那样。叶片变干后微微弯翘，好像鸟儿拖曳的尾羽。

这到底是什么树呢？我一向喜欢留意周遭，每到一处新地，总是先从常见草木开始熟悉环境。我去了市中心最大的英文书店，却发现一本欧洲植物指南也没有，不禁懊悔。临行前应该在箱子里装两本从前收藏的英国博物学书籍，总能派点用场。茫然之余，我想起自己在iNaturalist网站注册过账号，但还没有上传过观察记录。这是一个在线生物多样性记录平台，用户大部分是博物学业余爱好者，也有专攻具体领域的研究者。是时候探索一下这个社区了。

我把拍摄的照片上传网站，接着确认位置。点开地图，一眼看去，整片南欧地区只有西班牙和意大利的名字赫然在目，把光标移到那只显眼的高筒靴，再移到靴跟右边，与意大利隔亚得里亚海相望的地方就是阿尔巴尼亚。然后拨动鼠标滚轮，放大再放大，直至首都地拉那的名字出现。其实输入"地拉那"三个字就可以即刻锁定位置，但我和孩子喜欢这种不断拉近的镜头感，就像动画短片《宇宙变焦》（Cosmic Zoom）的手法，这也是一种阅读地图的方式。

照片上传成功后，平台给出几个建议，我一一对比花叶细节，终于确定是豆科金合欢属的银荆。隔天再上网站，我收到提醒，有另一位用户在这个条目下给出同样的鉴定，便放下心来。此时条目的学名旁边多了一个绿色标签——

"研究级别"，原来，当观察条目具备完整的多媒体资料、时间、地点，并且社区对鉴定结果（通常在物种一级）已经达成共识时，就达到了研究级别，可以用于科学研究。

小小的四字绿色标签像一份奖赏，让我的博物热情为之高涨。这和从前使用博物图鉴来辨识物种是完全不同的体验，在这个平台上，自然观察成为互动的过程，鉴定倚赖网站用户和平台智能工具的建议，最后还可能产出有意义的结果。虽是虚拟社区，上传的条目却是个人亲眼所见、来自野外现场的一手记录，全球的博物爱好者经年累月地贡献条目，集合起来就是宝贵的研究数据，前提是这些数据质量符合标准。这就是公民科学的要义，发动公众力量来积累生物记录，而在数码时代，记录和分享的手段都更为快捷方便，在线平台让每一个博物爱好者深感吾道不孤，不管他们身处何地，兴趣多么冷门。

在网站上点开银荆这一物种的信息页面，可以看到最近的一笔观察记录，可以查看超过一万多条的记录，从春到秋，从花到果实，银荆的完整生命历程都可以看到，而记录的背后是位于六个大洲的六千多位观察者。当我又在网站上找到附近项目"NatyrAL"（阿尔巴尼亚自然）时，更加激动不已。看项目介绍，它是由一位阿尔巴尼亚博物学家和野生动物摄影师发起的，旨在汇总该国的自然观察记录。这个社群拥有44位成员（人数真少），却记录了近六千个物种，虽然条目混杂，欧洲白鹳挨着潘非珍眼蝶，卷羽鹈鹕旁边是灰暗笠螺，此时在我眼里却成了全世界最珍贵的宝库，我一有时间就打开这个在线图鉴，一帧帧照片细细看过去，为阿国丰富多样的野生物种赞叹不已。于是我也加入了这个项目，打算贡献自己的力量，尽可能留下更多的本土自然观察记录。

除了"研究级别"的绿色标签，我的银荆条目还有一个红色叹号，意为经由人类活动到达此地的外来物种。银荆的原生地是澳大利亚大陆的东南部和塔斯马尼亚州，19世纪初被引入欧洲作为园艺植物栽培。阿国属地中海气候，冬天多雨，温和湿润，夏天干热，银荆在这一地区适应良好，稳定地扎下根来，自行繁衍生息，建立了稳定的种群，在这个意义上，它已经成为"归化物种"。银荆能产生很多种子，在土壤种子库（指存在于土壤表面和土壤中的全部有生命的种子的总和）中休眠数十年仍具有活性。旱季容易引发山林野火，而火正是刺激这些种子发芽的一个因素。银荆且能吸收大气中的氮，并将其转化为植物可以利用的形式，适合在营养贫瘠的土壤生长。还有证据表明，银荆可以通过化感作用——即在环境中释放毒素——来抑制其他物种的生长。正是由于这些因素，银荆对西南欧一些国家的"本土物种"开始形成威胁，已被贴上了"入侵物种"的标签。多年前我第一次接触到这些生物学概念时，尽管明白它们事关重大的生态问题，却觉得其中暗含的价值观值得商榷，比如本土就是好的，外来是可疑的，归化或许没有问题，过于归化便成了入侵，是坏的。现在，银荆在同一个欧洲的不同遭际让我再次思考这些标准的意义和效用。

我继续浏览其他用户记录的"银荆"条目，又有一个发现：有些条目附带了"非正式"这三个小字——一个灰色标签。回到"用户入门"版块细读，才知道观察到的若非野生物种，而是栽培的植物或圈养的动物，要在上传条目时标注"圈养/栽培"，以免影响"数据质量"。那么，我需要重新编辑我的"银荆"条目吗？我想起在一些地方看到银荆树附近长出了树苗，那是栽培的银荆结出的种子自行发芽生长，这些小树算是野生还是栽培呢？现实的复杂总是会超出标准制定者的设想，银荆的身份如此暧昧不明，全视情况而定。

周末的午后，我们又去大公园里溜达。步道上多是带着小孩的父母，草地上有大学生模样的青年在读书。我走到一棵花朵盛放的银荆树下，细细体味香气——其实有一点豆腥气，熏熏然，不过并不冲鼻。碧蓝的天空下，新叶的金绿色令人心折，蜜蜂在花间流连，嗡嗡声不绝于耳。我不禁感叹在这里做一只传粉昆虫要比别处幸福，冬日温煦，早春的黄色花朵如此纷繁。出园时，我们看到有些人的手中多了几枝黄灿灿的银荆，还瞥见一家人在树下折花。这时我也约略明白，之前路边卖花小贩手中的花材究竟从何而来。然而春光如此明媚，夕阳下孩童们奔跑嬉闹，手持花枝的人们脸孔闪闪发亮、满面微笑，谁还要在意那些教条的标准、有色的标签？此时只要记住——是灿烂的银荆赐予我们这无比美好的二月天。

二

去大公园。

哪怕只是敲出这四个字，我心里也会漾起喜悦的微波。将有很长一段时间，我都会清楚记得初次踏访的那个早春上午，一个野趣盎然的城市公园如何俘获我的身心。

从住处步行约半小时，就到了公园的西北门。这是本市最大的一座公园，名字就叫"地拉那大公园"。在入口处，我们向一尊高台上的头像注目致意，铭牌上注明这是一位名叫"Rinush Idrizi"的诗人，我记下名字，之后便将所有的注意力投给自然的造物，深深呼吸草木的清气，贪婪汲取视野中的每一棵植物……青翠的草地上高树秀颀，墨绿的是松树，银绿的是桉树。路边一排苍郁的柏木笔直紧凑，就像梵高画中的"丝柏"。林间有布满青苔的树桩和倒木，枯叶宿存枝头的大树是橡树——好一片橡树林，我开始在脑海中描画树木展叶时节的幽绿，猜想着林下会绽放哪些野花。低头看，落叶层里躺着去年的橡果，一柄柄斑纹错综的箭头状绿叶破土而出，是疆南星属的植物。而就在不远处有一小片榕毛茛，阳光正好打亮一朵早开的黄花，中心仿佛凝着一汪清油，纷繁的深黄色雄蕊围绕着绿玉粒般的雌蕊群，就差一只毛茸茸的蜂子来亲吻这诱人的甜蜜。时隔七年，我又见到了于英国乡野初识的榕毛茛。理查德·梅比（Richard Mabey）在《大英植物百科全书》（*Flora Britannica*）这部写英国草木与人文的著作中称之为"vegetable swallow"，一种"植物界的燕子"，因为榕毛茛是绽放最早的春日野花，就像燕子飞回，昭示春天的到来。书中还提到两百多年前吉尔伯特·怀特（Gilbert White）在塞耳彭的观察记录：通常此花在2月21日初开。而一个世纪后，赫特福德郡的一位植物学家约翰·霍普金森（John Hopkinson）在1876—1886年间基于观察给出的初花日期完全一样。梅比提到，又过了一百多年，如果是较为典型的一年，榕毛茛在英国南部大部分地区的初花时间仍然没变。我庆幸自己还记住了一些英国的田野知识，可以作为参考，却又有种莫名的不满足，这里是南欧，草木荣枯自有不同的规律，我要留下自己的自然观察记录。

耳畔响起清脆的鸟鸣，欢快又明确的两拍子，循声望去，果然枝头有一只黑头白颊的大山雀。榆树上有只黄嘴黑羽的欧乌鸫，但还没到唱歌的时节，它默不作声。我们拐上另一条路，繁花满树的银荆在天空挥洒一片明黄，一人多高的夹竹桃丛中，狭长的果壳扭曲开裂，露出长有浅黄色冠毛的种子。路边草丛中也有野花，泽漆黄绿色的花，阿拉伯婆婆纳星星点点的小蓝花，老鹳草属的五瓣紫红色野花。孩子跑在前面，突然大叫起来："妈妈，我抓到一只鼠妇！"我快步前去查看，在他的手心，受惊的小虫子正在卷成圆球，还没有完全合拢。

很快我们就走到了人工湖，早春的湿地边是一片枯黄的芦苇和香蒲，湖面开阔，水色碧蓝明净，高天上有白色鸥鸟群集盘旋，阵型不停变换。近岸处横斜水中的树枝上，一只身形娇小的鸊鷉在休憩。水上游曳着黑水鸡、小䴙䴘和凤头䴙䴘，在北京的城市公园也常能见到这些湿地鸟类，此时看到它们无比亲切。湖岸边的树木枝条光裸，有白杨、黑杨、柳树和刺槐，杂树丛中突然冒出几棵苦楝，枝头挂着几簇淡黄色的小圆果，但还有更多不认识的树木，一时无从把握，在没有叶子、花和果实的时节，可供区分的特征太少。我也像是一个"目光炯炯的猜谜者"，世界如此新奇，而这世界仅仅是一个城市公园。

一路检视各种生物的体验十分奇妙，就像旧雨新知汇聚一堂，而我这个来自远方的客人仅仅因为它们静静伫立在侧，围绕着我，便感到欢欣喜悦。我想知道旧友为何会在此出现，也渴望认识新的朋友。每一种进入视野的动植物都是一段跨越时空的叙事，有的承载了我的往昔记忆，有的预示着可供探索的未来。我的第一次公园散步，步履虽缓慢，内心却无比忙碌，一直在和这些非人族物种对话，也在密集规划后续的观察：要去不认识的松柏树下找球果；榆树已经开花，要记得看榆钱的样子；有几棵树上挂的果实像枫香果，要等叶子长出来才能断定身份……我心里慌乱起来，是春天万物齐发时会有的那种慌乱，只有一个春天，却有上百个细节需要跟进；同时又觉得欣喜充实，开始对这段准备不足的异国生活充满期待。对于一个博物学爱好者来说，能够亲见季节流转在草木上按下的印记，或可慢慢揭开一些物种的身份之谜，记录和了解更多的生命细节，就是不折不扣的幸福生活。眼下，大公园就是我的舒适圈，是我在这全然陌生之地倍感踏实的所在，虽然初来乍到，此前毫无交情，但它已经向我默默允诺了无数惊喜，对此，我深怀感激。

三

2月的最后一天，东风浩荡，夜晚大雨如倾，我从未听过这样的雨声，被吵醒后心里不安，起来查看，室内一切如常。复又睡去，恍惚间听到了第一声春雷。次日早上晴光重现，我惦记着大公园的林下和草地，早春的野花又多了哪些。

之前我已独自探访过一回，也是雨后放晴的日子，在一片杂生灌丛的草地邂逅了金灿灿的款冬。我大喜过望，蹲下看了许久。在北京要到3月上旬远郊的山里才能见到款冬，寻访不便，多年来我只在照片上见过花容，那是冰冷清冽的溪流间绽放的明艳花朵，珍稀物种一般的存在。后来在牛津大学的某个学院里，我与一丛自砖石地里长出的款冬不期而遇，花儿已有些发蔫，与周遭格格不入，那便是我与这种野花仅有的一面之缘。而彼时环顾四周，发现它们数量繁多，几乎汇成了一泓金色的溪水，顿感自己受到了上天眷顾。款冬从古铜色的落叶层中探出头来，没有叶子，一出地面就是饱满的花蕾，花蕾最外层包裹着绛紫色的苞鳞，细看还带着白色绒毛。这花蕾是在黑暗的泥土之中孕育的吗？苞鳞绽开，细细的花葶拔节而出，头顶金色的花盘，直面天空和太阳。阳光照得我头顶发热，蜜蜂喜滋滋地访花弄粉，和我一同享受这处宝地。我忍不住拍下照片即时传给国内的亲友，希望仍处冷冽2月的她们也能感受一丝暖意。

这次我换了一条路走，打算探查橡树林，说是探查，一个人也并不敢深入林中，虽然小径曲折蜿蜒，看不见尽头，对我有无限诱惑。我记得有次远远看到一名男子在某条小路边的深草丛中伏下身去，连忙移开视线，告诫自己以后不要独自乱闯，这个公园的稠密林地似乎可以藏匿很多秘密。每当这时我就会希望自己有一条狗做伴。

且在林边走走。树下落叶堆积，散发出淡淡的湿腐气。常青藤不畏阴湿，四处蔓生。藤蔓攀缘而上，将不少橡树的主干包裹得严严实实。翠绿的苔藓从一个树桩的边缘向圆心铺展，给灰黑的截面绣上精致的叶纹。榕毛茛亮黄的花蕊引来了食蚜蝇，阳光下透薄的蝇翅虹彩闪烁。我蹲下来，想在落叶间找找橡果，收集一些鉴别橡树种类的证据。没有发现品相完好的落果，倒是发现了三种虫瘿：一种在叶背，黄褐色圆球状，毛茸茸的；一种是叶子正面的小圆锥体，像一座座微型火山；还有一种像浅口的小圆碟。我拍下照片，心想有时间再来研究是哪些瘿蜂的作品。瘿蜂是一种"致瘿昆虫"，它们通过产卵和取食时的化学或物理刺激使植物细胞加速增长、异常分化，最后形成奇形怪状的虫瘿。此时不知何时消失的太阳又钻出了云层，一缕阳光打亮了我脚下的几片落叶，几只黑蚂蚁突然现身，四处奔走探看。原本毫无动静的几片落叶立时变作舞台，蚂蚁成为活跃的主角。它们黑得发亮，后腹部和头顶还有细针尖般的毛。三五只疾疾奔走的蚂蚁，足尖轻快划过质地坚韧的落叶，身体和蚁足在叶背投下阴影，这些细微之处不知为何令人深感兴味，也让我真切地意识到自己正处于一个微观世界的入口。

接近正午的暖阳下,我发现自己走到了一片敞露的草地,起先远远看到绿草中点点白色,以为只是常见的雏菊。走近一看是不认识的野花,洁白清丽,背面有绛紫色纵纹,让我想起江南早春的野花老鸦瓣。当然并不是,小花细长的叶形和番红花的一样,花心橙黄诱人,蜜蜂来了便一头扎入花心,忘情地扭动身体,它已经携带了两个厚厚的花粉团——好似油润的咸鸭蛋黄。在这阵雨多发、阴晴不定的早春,野花更要抓紧阳光露脸的时机盛放,待蜂蝇前来授粉,让自己微小的生命得以繁衍。

在草地流连许久,终于狠心离去之际,却在一棵橡树下有了更惊喜的发现——银莲花。比起我从前见过的栽培品种,这种本土种类花朵更娇小。光洁如丝缎的紫红色萼片有八九枚之多,纤薄得令人不敢伸手触碰。雄蕊有迷人的蓝紫色花药,雌蕊群像个蓝色刺球,又让人想起长着银蓝色触角的海葵。我拍下不同部分的照片,植株全貌、花朵特写、花苞、基生叶和茎上部叶,以备鉴定具体种类。之前自己鉴定的时候,不止一次发现少了几样关键证据,意识到业余爱好者的浅薄,却仍乐此不疲。

耳边响起一串华丽的唱腔,如此脆亮动听,我忍不住起身观望,却未看到鸟影。节奏一致的乐句隔了几秒再次唱响,这无疑是苍头燕雀的鸣唱,中气十足,连声鸣啭之后要一个颤音花腔。这歌声把我的注意力转移到更宽广的空间、草木以外的世界。这天是工作日，公园里的人却比我预料的多，推婴儿车散步的年轻母亲，健走慢跑的锻炼者，牵绳遛狗的老妇人，还有不少人在露天咖啡座闲坐聊天，每人面前一小杯意式特浓咖啡、一瓶矿泉水，坐一天也不会遭遇服务生的冷眼。但是我没有看到第二个手持相机的人，想到自己这样停停走走，东拍西拍，在本地人眼中也许行迹颇为可疑。博物学家和间谍工作确有相似之处，收集和记录情报，不放过任何细节……还好，没有什么人注意到我，大家都在享受自己的闲暇。

我看还有些时间，便继续前行。走过咖啡馆，我在一丛栽培的地中海荚蒾上瞥见一只小灰蝶，立即止步，等待它在白花上落定。拍下照片放大后细看，灰蝶的翅缘有精致的流苏花边，淡淡的蓝灰色衬着荚蒾的白花和粉红的花蕾，清新悦目。我绕到咖啡馆后面，又踏上一片未曾涉足的草地，脚下凹凸不平，湿滑泥泞。青草密生，看不到积水，需小心试探，避开低洼处。绿草间金黄的榕毛茛花朵都已绽开，阴雨天气它们会合拢花瓣。一只橙黑相间的蝴蝶倏忽飞起，往林中深处去了，我才知道自己惊扰了它。以往的经验告诉我，它刚才应该是在太阳浴，待体温升高后就可以四处飞舞。如果保持安静，它还会回到附近。果然，不一会儿它就飞回来了，停在距刚才位置不远的一片枯叶上，合拢双翅，继而平展，静静沐浴暖阳。

太阳已升到头顶，阳光愈发灼热，无法相信这是2月的温度。我快步走回主路，耳畔鸟声明显比来时热闹。一只可爱的红胸知更鸟（欧亚鸲）先是出现在樱桃李的枝间，翘起尾羽，我只能看到白花衬托的暗色背影，随后它居然跳到不远的桉树上唱起歌来，给我一个标准的正面照。我抑制着内心的激动，手抖抖地录制了一段视频，留住鸟儿的身影和歌声。每当看到这小小的鸣禽鼓振歌喉、胸腔起伏的瞬间，总是感动。知更鸟的歌声并非为我而发，是我足够幸运，能旁听这春天的独唱。大卫·拉克（David Lack）在《欧亚鸲的四季》中写过，这种鸟儿在英国"几乎一整年都在鸣唱"，春季的鸣唱实际上从12月底就开始了。不知此地的欧亚鸲几时开始春季的鸣唱。我现在听到的，已是不折不扣的春季旋律，饱满、欢悦、热情充沛。

四

我在地拉那见到的第一只鸟，是灰斑鸠。

那是抵达此地的第一个清晨，我站在阳台上四望。空气沁凉，一切都刚刚苏醒。东面是连绵的群山，白云条条缕缕，自山顶向高空铺展。一只苗条的斑鸠快速振翅飞过，自东向西横飞，轨迹笔直。它飞过下方参差不齐的屋顶，胸腹被晨光映照得白亮，身后是明净无垠的蓝天。优美，我禁不住感叹，马上意识到此前从未这样形容过斑鸠。后来见得多了，我依然觉得这是飞姿最为果断的一种斑鸠，往东飞的时候总会让我想起《旧约·诗篇》中那句"你当像鸟飞往你的山去"，山间仿佛有它一心认定的去处，认定便决不回头。无论晨昏晴雨，横越街区上空的灰斑鸠从未有过一丝犹豫，稳健有力地拍动翅膀，总是显得心意已决。当然这是我的附会，灰斑鸠的活动范围与山没有交集，我在阳台上以目光追随，看它们低飞，滑翔，最终停在某户人家的红瓦屋脊，或是太阳能热水器的外储水桶上。我忍不住想，在此生活的灰斑鸠一定早已在头脑中绘制了老城区屋顶降落区地图。

很快我们就注意到有几只灰斑鸠常来楼下溜达，家麻雀和家鸽也不时光临，地上可见到善心人撒的谷物，它们来吃现成的午餐。灰斑鸠头向前一伸一伸地小步走着，多么熟悉的姿态，国内常见的珠颈斑鸠也是如此，孩子一向喜欢模仿它们伸头。常在地上觅食的鸟类多有这种步态，虽然显得滑稽，却是它们为调整运动与视觉的偏差做出的努力。灰斑鸠羽色浅淡，浅棕灰的主调，胸部可算是粉棕，只有翼尖颜色深，显得素净端庄。它的虹膜实际上是红色的，但是远看像黑色，照片拍出来也常常是黑色，那是因为它的瞳孔相对较大。脖颈处一道细细黑纹，黑纹外缘有一抹白，而珠颈斑鸠的是更为醒目的黑底白点小碎花。当我听到孩子不时口误，将灰斑鸠说成珠颈斑鸠，突然意识到这两种野鸟在两地占据的生态位如此一致，它们适应了城市生境，多在公园和民居附近栖息。灰斑鸠也不惧人，我们走得太近便扑簌簌飞起，伴着一声突兀的呼号，在电线或树上落定之前也有一声同样的鸣叫，偶尔两声，听来有点哀戚。很快孩子就学会了这种特别的叫声，竟可以假乱真。归家路上若是我们同行，真真假假的鸣叫便此起彼伏，背景音则是絮絮低语。咕咕——咕，咕咕——咕，试将第二声加重拖长，然后重复多次，你就掌握了灰斑鸠的日常鸣叫。

3月上旬，有天我在阳台看到一只灰斑鸠飞越高低错落的房顶，停在一家屋脊上，很快另一只自相反方向飞来，凑近后开始点头屈腰，作殷勤状，我才明白这是一只求偶的雄性，平常雌雄实在看不出分别。那只雌鸟对求偶者无甚兴趣，丝毫不为所动，几乎是马上展翅飞走，雄鸟紧追在后，在空中还追逐了几个回合，后双双飞出我的视野。我想起了前几个春天在北京看到的雄性珠颈斑鸠求偶情景，也是雌性兴趣寥寥，雄性紧追不舍。出门后还看到一只灰斑鸠在草丛里衔了长枝，飞入一棵黎巴嫩雪松。我怕惊扰鸟儿，没有凑近看巢的具体位置，只用小相机拍了张模糊照，可以看出是树枝穿插搭成的鸟巢，谈不上有什么造型。

在北京的郊野公园里我也见过珠颈斑鸠在油松间筑巢，位置隐蔽，从外面完全看不到。

这以后便常能看到双宿双飞的灰斑鸠，它们的繁殖季始于3月。有次我在一棵欧洲七叶树上看到两只亲密依偎，一只用喙给另一只理羽，被梳理的那只闭着眼睛享受这个情调温存的时刻。还有一次看到一对在一棵梣叶槭上行好事，雄鸟踩在雌鸟背上没有站稳，搞出很大的动静。最美妙的一帧风景是泡桐树上的灰斑鸠，浅紫花朵初开，衬着碧蓝的天空，两只斑鸠静静立于繁花掩映的枝头，身形修长，素淡的羽色与背景十分调和。

灰斑鸠的学名是 *Streptopelia decaocto*，种加词decaocto实为希腊语的"十八"之意，这令人费解的命名来自一则传说。引用最多的传说版本出自《欧洲的灰斑鸠》("The Collared Turtle Dove in Europe")这篇论文。论文登载于《英国鸟类》(*British Birds*)[1]1953年5月刊，作者詹姆斯·费希尔（James Fisher）是英国著名的博物学作家和鸟类学家。费希尔在论文开头先引述了一个传说：有个可怜的女仆侍候着狠心的女主人，一年下来报酬很少，最多十八块钱，女仆便向众神祈祷，希望能向世人揭露这个

---

[1] 这本关于英国鸟类的期刊创立于1907年，内容涵盖鸟类的行为、保育、分布、生态学、鉴别、迁移等多个领域，重要文章均有同行评审。

吝啬的主子，于是宙斯创造了这种斑鸠，它对着世人鸣叫"decaocto"，一直叫到今天。费希尔提到，这则传说是某个名为欣克（C. Hinke）的人在写给德国鸟类学家瑙曼（J. Fr. Naumaan）的信中讲述的。

有段时间我重读达雷尔（Gerald Durrell）的"希腊三部曲"，在第二部中看到了传说的另一个版本，达雷尔借科孚岛的博物学家西奥多之口讲述了灰斑鸠名字的缘起。耶稣背着十字架去髑髅地的时候，一名罗马士兵看见他已精疲力竭，心生同情。当时路边有位老婆婆在卖牛奶，士兵走过去问她一杯多少钱。她说十八块，士兵只有十七块，便求她便宜点卖一杯给耶稣喝。可是老婆婆很贪心，一定要十八块。耶稣被钉上十字架后，老婆婆变成了一只灰斑鸠，一辈子重复吆喝"十八块"。传说的版本虽然不同，却都把我对灰斑鸠的联想引向更远的地方，甚至是欧洲以外的世界。

1952年，英国观鸟者在林肯郡的曼顿目击到第一只灰斑鸠。詹姆斯·费希尔得知后惊叹不已，他意识到灰斑鸠的扩散之快、范围之广，为其他鸟种少见。这一目击直接促成了发表在《英国鸟类》的那篇文章。费希尔历数灰斑鸠在欧亚大陆的分布地点，列举各地的目击记录，回溯这个鸟种在欧洲的扩散。灰斑鸠原本分布于印度次大陆，"在1912年前已分布于阿尔巴尼亚的滨海地区和毗连的南斯拉夫海岸，远至西北的黑塞哥维那的莫斯塔尔（1888年在莫斯塔尔首次发现灰斑鸠）"。从最初在欧洲的主要分布地区巴尔干到斯堪的纳维亚，灰斑鸠只用了三十年就推进了1200英里（近2000公里）。这篇文章中大量的欧洲国家名和地名，以及"colonize"一词（描述动物行为时意为移居）的频繁出现，让人感到灰斑鸠似乎不是一种野鸟，而是一支强大的军队，势不可挡，所向披靡。费希尔在文中援引的观鸟记录也让我想起海伦·麦克唐纳（Helen Macdonald）在《椋鸟群飞》那篇散文中写过一笔：训练有素的观鸟志愿者"通过观看、行走、计数、统计和记录的手段与国家的理念联结在一起，他们从事的是战地工作"。

费希尔的论文主题是灰斑鸠在欧洲的分布范围及扩散，因此并未深究快速扩散的原因，只是简述了它们喜好的生境。很多证据表明，灰斑鸠喜爱的食宿和印度老家的条件十分相似，常见于公园、庭院和耕地，尤其是耕地毗连灌丛林地的区域。灰斑鸠常在人们的庭院中营巢，和住家养的鸡及其他禽畜一同进食，也会偷袭成熟的玉米和堆谷场，几乎是寄生于人类的野鸟，或至少是共生关系。他还写到灰斑鸠多在针叶树上营巢，尤其是柏树，也有雪松、落叶松和其他松树。条件适宜时一年可繁殖三窝，每年两窝总是有的。

这样一种样貌平平的"菜鸟"，因为扩散能力强，成为研究者持续关注的对象。费希尔这篇翔实的论文也成为文献综述中不可或缺的资料。1986年，灰斑鸠飞跃地中海，从西班牙来到了北非的突尼斯和摩洛哥，1991年到达西西里。灰斑鸠到达美洲则要追溯至20世纪70年代早期，有人将灰斑鸠作为宠物引入加勒比海巴哈马群岛的拿骚，其中一些后来逃逸到野外，还有一些被放生。灰斑鸠就此开始在美洲扩散，大约在80年代初到达美国东南端的佛罗里达州半岛，接下来继续往北往西扩散，只用了不到二十年，就来到了西北部的俄勒冈州。

再说巴尔干，有研究者认为，巴尔干半岛上灰斑鸠种群的发展有其特定的历史背景。在保加利亚部分地区、塞尔维亚、阿尔巴尼亚和黑塞哥维那——被奥斯曼帝国统治过的这些地方，灰斑鸠在城镇中数量增多，因为穆斯林爱护这种野鸟，会在住家附近为它们提供巢址。在有些地区，杀死一只灰斑鸠甚至会受处罚，被拘禁十四天。到了1878年，奥斯曼帝国被迫放弃在巴尔干占领的地区，很多穆斯林随之撤离，灰斑鸠失去庇护者后数量急剧下降，在一些地区甚至完全消失了。1900年后，灰斑鸠的种群才开始慢慢恢复，在接下来的三十年里恢复到先前的分布情况。穆斯林对鸠鸽科鸟类的爱护与先知穆罕默德有关，相传穆罕默德逃离麦加后，在骚尔山洞暂时藏身，敌人追至洞前，发现洞口布满蜘蛛网，一对野鸽在树上筑巢，并无人的踪迹，遂折返麦加。借助鸽子的帮助，穆罕默德逃过一劫。

从自家的阳台到阿拉伯半岛的荒野，我意识到自己被灰斑鸠的扩散之谜吸引，陷在资料堆里无法自拔，已经神游了很久，而原本我只是想写一写灰斑鸠的滑翔，那优雅的姿态常常令我心折。走过街巷，穿过绿地，或是在一个陌生的小镇，我总能看到灰斑鸠的身影，它们伴人而居，三三两两在公园草坪觅食，飞行的背景却总有苍郁的群山，这是一个多山的国家。它们在此地擅长利用上升气流，是我见过的最会滑翔、飞行技巧最为高超的斑鸠。优雅，高超，我也从来没有用这些词形容过斑鸠。

五

租住的公寓在一栋八层楼的顶层，开放式阳台，坐南朝北。当我说出"开放式阳台"这个词时，觉得有些不对劲，大概因为放眼望去，四周的住宅都看不到封闭式阳台。阳台在这里回归了它的本质，一个室内和户外的过渡空间，可在此看云观星，目送飞鸟来去。

虽然有偷窥之嫌，我也顾不得许多了，利用八楼的高度优势，将本地民居收入眼底。北边距离最近的一个街区是船形的，这艘船上载着户型各异的住房：三栋方正的平房，六栋二层小楼，还有两栋三层楼，它们毫无规律地排列在一起，草木和低矮的围墙将其隔开。大多住户的房顶上安装了太阳能热水器，个别人家的阳台上还支起白色的"圆锅"，卫星电视接收器——久远记忆中的事物。正对我的一栋三层小楼令人移不开眼光，红瓦屋顶，浅薄荷绿外墙，一位老妇人从屋里出来，在三层的阳台上晾晒被单，拍打地毯的积尘。米白色被单在风中飘荡鼓胀，似乎成了一种活物。

这个船形街区也许可以被看作整座城市住宅区的缩影，没有规划，仿佛经历过一个先到先得的无序时期。这看似有碍观瞻的楼群却蕴含着一种令人兴奋的东西，一种不受管控的野生力量，仿佛一个有机体正以自己的意志生长。这样的都市扩张终究被东边连绵的达依特山挡住去路，但山前丘陵和缓，人们依山起屋，民居渐渐扩散开去，自山脚向上蔓延，有好几户人家把房子盖在半山腰。暮色中灯火闪烁，犬吠声四起，附近的小清真寺传来宣礼的吟诵，悠长又苍凉，让人不知身在何处。

我们常常在老街区四处游逛，隔着围墙看看别家的草木，独立住宅都有围墙和铁门，如果是雕花铁栏门还可以窥得院内几分春色，但更多时候是两扇严严实实刷着绿漆的大门。这样的街巷让人感觉到门后住家深深的戒备，与我们日常接触的人们的淳朴友善形成一种对照。还好植物不羁生长，树木比围墙高，藤蔓植物爬上墙头，总有机会认识。街巷狭窄，汽车经过时我们须立于路边等待。路上常有野狗出没，很多耳朵上钉着塑料标签，白天总爱躺在路边睡觉，晴暖的日头下睡得无比安详，让人猜想它们在此地生活无忧。放养的家猫悄无声息地横穿小路，它们是真正的跑酷高手，在不同高度的楼体间自如上下，忽而登上房梁，忽而没入树丛。顺便说一句，这里也有不少老鼠，在尚未分类的垃圾桶和臭烘烘的拉纳河边都能遇到。拉纳河本是山间清澈的流水，却在城中沦为排污处，裹挟一切肮脏，最终流入蔚蓝的亚得里亚海。

来来往往多少回，最让我们赞叹的总是柑橘属的果树。在这里工作了半年的家人去年11月便发给我橙树的照片，果实青中泛黄，进入成熟期。现在我和孩子来此探亲已有三个月了，橙树依然果实累累，俨然一棵不插电圣诞树，明亮的彩灯日夜不熄。除了黄柠檬，还有一种橘色的，果摊上也更常见。有一天我去蔬果摊买菜，摊主的妻子英语较好，她轻轻拍着怀中幼儿跟我交流，递来几个橘色柠檬，说这种汁水更丰富。晚上拌沙拉时切开挤汁，果然如此。和黄柠檬相比，这一种果皮更薄，更光滑细密，估计是俗称"梅尔柠檬"（Meyer lemon）的杂交品种。

无花果、葡萄、油橄榄和石榴，几乎每家都有这四样。2月来时无花果还未展叶，我是凭树皮、枝型和叶芽认出的。很快枝头就萌发了嫩绿的新叶，手掌状的叶子迅速长大，现在4月中旬，枝间已经满缀深绿的果实，而市场上串成圆环的无花果干还没有卖完呢。两个月来我眼见着附近院落里光秃秃的葡萄藤又缀满绿叶，粗藤如小树长在院子里，可见年头之久。有时隔着车窗看到公路边的葡萄园，间隔均匀的灰白色水泥桩上，黝黑弯曲的藤枝新绿闪亮。石榴树上偶尔残留几个去年的果实，干硬棕褐的一团，春来新叶舒展，泛出明丽的浅红。果摊上可以买到硕大饱满的殷红石榴，籽粒晶莹，直叫人想起《雅歌》的诗句：佳美的果子，石榴汁酿的香酒……

油橄榄是此地一日三餐的灵魂，我一心想要了解它的方方面面。在街区蔬果店和流动的路边摊上，我看到各种瓶装橄榄油，装在塑料矿泉水瓶里的是家制的；腌渍橄榄五光十色，黄绿、深绿、紫红、紫黑都有，表明果实采摘于成熟的不同阶段。第一次外食时在蔬菜沙拉里吃到整颗油橄榄，被里面的硬核硌了牙，才意识到此前我吃过的都是摘去核的。我渐渐习惯了腌渍橄榄的味道，虽然咸中带苦，但回味深厚，几天不吃还有点惦记。

油橄榄四季常绿，是能耐干旱的硬叶植物，叶片较厚，表面覆有蜡质层，摸起来硬挺干燥。有天下过雨后我留意到路边的橄榄树叶面凝有雨水，透出点滴蓝色，便凑近细看，叶片正面色泽较深，可算是银绿色，背面较浅，几乎是银灰白。这银色来自叶子两面布有的银灰色鳞片，正面较少，背面密布。一些叶子被打湿的局部现出微妙淡雅的浅蓝色，好像蒙着一层蓝色的雾气，让人念念不忘。想到能够亲眼观察油橄榄从开花到结果的过程，我十分欢喜。从2月中旬一直等到4月初，发现油橄榄终于有了花枝，从叶腋处抽出，花蕾是小小的颗粒，很像桂花，孕蕾的过程长得出乎意料，花蕾半个月后还没有绿豆大。资料上说油橄榄初冬才收获，我需要耐心等待。

　　我在街巷和公园绿地看过了不少橄榄树，才意识到这种树的天然树形并不存在，深感自己愚钝。这是一种栽培历史无比悠久的果树，研究者称油橄榄从野生到栽培的转化可以追溯至六千年前的近东黎凡特地区，后来随着该地区的文明扩张和人类交流扩散至整个地中海盆地。不会有高大的橄榄树，因为采收橄榄依然依靠人工，树木不能过高，只要横向发展就好；要定期修剪枝条，枝叶不能过于浓密，否则花朵照不到太阳，总之就是要让树木尽可能多结果，且产量稳定，年年丰收。3月中旬我终于见到了一小片橄榄园，都还是单薄的小树，但树身已被整形，主干高度不足一米，树冠中心开敞，分岔处有三到四个大枝，斜斜欠伸。园主刚修剪过果树，枝条堆在树下，他家里十来岁的男孩也在园中帮忙，绿色卫衣在银灰迷蒙的橄榄树间很是醒目。

市中心大清真寺边的绿地有一棵老树让我印象深刻，主干很短，也被修剪成常见的"葡萄酒杯型"，分岔处的几个大枝呈合抱之姿，形成如酒杯底部的弧度。这棵老树树皮皲裂，还有不少深深的凹陷，一个个树洞是经年累月无法愈合的伤口，看到它们就能想到漫长岁月中树木的种种遭遇：风雨雷电，病虫侵袭，伤口长期受雨水浸渍，木质部渐渐腐烂，最终形成树洞。然而这棵老树的生命力极为强大，枝干被截短后，秃桩又抽出密密的新枝，枝叶渐渐繁茂。这样的树形和优美无缘，一眼望去觉得极不协调，但只要看看老干上的一个个树洞，不适的感觉便会让位给敬意。《旧约·约伯记》中约伯说："树木常有希望，树木若被砍下，也会再发芽，嫩枝仍生长不息。"他说的很可能是橄榄树。

橄榄树的枝条极为柔韧，我从园林工人修剪掉的枝叶中捡来一根枝条，很容易就把它弯成圆环。在湛蓝的天空下，我举起小小的橄榄枝环，注视那银绿的枝叶，心里又生出某种不可思议的感觉，谁能料到，有一天我会来到橄榄树的故乡，置身古老的地中海国家，从头认识一个春天。

知更鸟的歌声并非为我而发,是我足够幸运,能旁听这春天的独唱。 /周玮

盈江鸟事

撰文 任宁

一

还是没有。

日头渐高,大太阳把山脊路边的矮瘦芒果树刺得千疮百孔,留下的荫蔽已所剩无几,必须蹲下方能勉强藏身。我抱膝而坐,机械扫视眼前这棵扎根山坡上、张盖亩许、长到五层楼高的黄葛树。

只看局部,它与西南城镇常见的街道绿化植物并无二致。但如果把镜头拉远,盘郁枝干上巨人手掌般的鹿角蕨和层层叠叠的附生兰,以及远处耸立的几棵四五十米的阿萨姆娑罗双,都在随时提醒:这里是雨林。枝间丛生的隐花果橙橙红红,陆续招引朱鹂、大鹃鵙、黑额树鹊和蓝耳拟啄木鸟,还有一对黄冠啄木鸟路过歇脚。

都是会令观鸟人精神一振的"好东西",何况我还在树上发现了裸耳飞蜥、白唇树蜥和绿瘦蛇。

但这些都不是我在期盼的目标。在犀鸟谷的最后一天,还是没见到针尾绿鸠,一种尾羽尖长、浑身嫩翠的鸽子。清晨的凉意不再,右踝的扭伤隐隐酸疼,黄猄蚁颠着触角在头顶叶缘爬行，蛇雕的叫声飘飘忽忽在无云高空回荡。我坐立不安，心情委顿，口舌腻燥，汗水濡湿望远镜颈带。

远远地听到引擎声，满姐的银灰色小面包从山路转弯处露出脑袋。她开到我身边停下，平静中带一点兴奋，说，"上车"。

那语气就像昨天傍晚，就在这棵黄葛树前，她说，"这棵树蛮好的，明天可以来守一守"。

二

说那话时，我们已在山里转足整天，刚遇到猛隼，就在满姐觉得日落时分会有猛隼的一处小山谷。这种不大的猛禽在中国边缘分布，少见，是我期待的个人新种。它有深蓝灰的强壮背部和双翼，胸腹砖红，面首漆黑但眼圈藤黄，如同戴着武士兜帽和金丝眼镜，神气而斯文。第二天再见，或许不是同一只，它正站在枯枝上撕扯一具灰喉沙燕的尸体，浅褐绒羽在它沾血的喙下纷纷扬扬，随风而去，像是一场招魂仪式，如同山神在享受应有的祭品。

盯着那个四数木高枝上的背影，我跳下车，一瘸一拐忍痛小跑着去山谷另一边。满面流汗没看几眼，它歪头打量我，原地小跳，转身，又背对着了，像是懒得跟我解释什么，娃娃闹脾气。

所以我就只能仰视它逆光的背脊和晚霞里的侧脸。栖在树顶上，它的视线长长地落在某个我无法企及的远方，像是这片山林的守护者，却又仿佛和别的事物没有任何牵连，山岚拂面，枝条摆动，它稳稳地，就这么独立地存在着。突然，它张开双翅，亮出飞羽和尾羽背面黑白分明的间隔纹理，每根羽毛都画出一道虚线，延伸向无垠深处，呼唤天地之间的每一丝风。一顿，它飞离树顶，越过山顶，像一片叶子飘落不见。

我放下望远镜，轻叹一口气。满姐望着那空的树梢，又转头微笑看看我。

满姐是我请的鸟导。她负责根据我事先给出的目标，开车，带着我四处寻觅，尽量在清单上所有鸟名后都打上钩。鸟导需要对山对鸟对人都足够了然。我常看她对比着我列的清单，指尖在手机导航软件里划来划去，根据记忆和推断——也许再加之以直觉和迷信，思量着未来几天的计划，然后想起来什么，忽然翻个电话问，"哎，你家那个鸟，最近稳不稳呀？几点出来？"这是在打听鸟塘里的情况。云南话语调上扬，有种特别的笃定和亲切。

鸟导不是满姐的唯一职业，甚至不是第一职业。她的小面包上贴了拳头大的红色胶字，微软雅黑，"铜壁关—盈江"。若没人找看鸟，她就跑短途生意，穿行在县城、集镇与村落之间，一个人收30块——2004年刚跑时，坐前面5块，后面10块。

第一次见到满姐那个早晨，我正独自观鸟，忽然接到文仪电话，问在哪——我也不知如何描述——那段时间我开始在文仪团队里帮忙，做他的西南桦林鸟类野外研究，我们在不同林子里用雾网捕鸟，解鸟，测量，环志，用乙酸乙酯蒸熏体外寄生虫，采血样，放归。为了赶上黎明时鸟类的活跃期，日出前就要到环志站，午后才回宿舍。

这是离鸟最近的方式。你要小心理清乱发般纠缠的网丝，取下鸟——用食指和中指虚握颈项，大拇指和无名指环住腹部，要注意避免压迫胸腔导致窒息，这个手势适合环志；或者拿食指和中指夹住腿根，再用大拇指捏紧双脚，如此方便观察和拍照。

直接接触通常会让鸟比看起来要小。那些鸟会惶恐失措得在你掌中留下斑斓的排泄物，或绝望而勇敢地咬啮蹬踢你正在操作的手指，于是你嘴里总忍不住念出安抚的话语，虽然明知无意义，像是在哄一朵不肯开放的花。

但这也是离鸟最远的方式。无论什么鸟，都会变成复杂表格里关于初级飞羽长度、次级飞羽长度、喙尖到鼻孔长度、跗跖长度、换羽阶段、年龄、有无孵卵斑、头骨骨化程度、是否重捕之类的数据。

它的鲜活、漂亮、动听、可爱，无从体现，也不再重要。

三

文仪的野外计划安排得很满。持续的疲劳、炎热、蚊蚋骚扰和骤雨无常对所有人都是挑战和磨砺。我们借宿在铜壁关中心小学隔壁,每早天未亮,校园广播都会放一首儿歌。我用手机识曲,《祖国的花朵》,来自"爱朵女孩"组合。里头有句歌词,"午后的露珠滋润我",作者显然毫无自然观察经验。

另外,这首歌的旋律与Pet Shop Boys的激昂名曲"Go West"有几分相似。2006年德国世界杯时,球赛结束都用它作为散场音乐,许是为了提振败队士气。而我每天都随《祖国的花朵》哼"Go West",当作精神上一抔冷水泼面,如此方能发狠钻进车里,驶上黑魆肠曲的山路,开始一天的工作。

不过,只要偶尔得闲,我还会像那个早晨一样,一个人在附近乡野里游走,重拾熟悉的观鸟习惯。那时,一只沼泽大尾莺正悠然地沿着沾满露水的土埂踱步,俯首啄食,姿态如鸡,颇为有趣。

手机听筒里,文仪道:"你在哪?有个褐渔鸮的巢点,想看看么?但现在就要出发。"

当然。我发送了定位,收到语音,"你到路边等,我们马上来"。

五六分钟后,我在路边,试图找出茂密杉树里那只叫个不停的乌鹃,作为观鸟技能的一种练习。而在视线角落,出现了那辆之后会载我奔波一周的小面包。靠近些,我看见驾驶座上陌生的女人,五十岁左右,褐胸鹟一样的大眼睛,文眉,头发染了些酒红色,随便绑着,低鼻梁宽鼻翼,淡棕脸庞微圆,浅浅的法令纹和鱼尾纹,耳垂上一对珍珠长坠晃动。她目光锐利而含蓄,透过有些尘土的挡风玻璃,像穿过一片清晨薄雾,静静望着我。

哗一声,车子侧门移开,里面塞着几乎整支研究小队。文仪从一个人的肩后露出脸,胳膊从另一个人的头上伸向驾驶座:"任宁!这就是满姐。满姐,任宁。"

她点头,招手:"我们打过电话的。"我注意到她左手的镶翡翠金戒指,以及所有指尖上同样嫩绿的穿戴甲。

满姐是文仪得知我要找鸟导时主动介绍的。他对本地人一向挑剔,很少有如此高的评价,但是,"满姐以前还来帮我们环志,"文仪充满热情地说,"满姐是自己人。"

有此评价的大概不只是他。本地人知道满姐懂鸟,遇到与鸟相关之事,都愿意尊重她的眼光和判断。褐渔鸮巢是小马——一个寡言的景颇族年轻人——发现的。我从满姐的车里下来,看到小马一身迷彩短衣,红色系带的砍刀斜挎,正倚着路边护栏等我们。

褐渔鸮有两成一幼。幼鸟满身覆着灰白绒毛,懵懂稚嫩，距离出巢尚有时日。小马托满姐来看，是否有望做成鸟塘，招徕拍摄的客人。但无节制的随意惊扰可能会导致弃巢，潜在的收入也可能遭人生妒，带来不必要的麻烦，所以在开发之前，这类鸟巢的位置通常是秘密，只会分享给值得信任的人。

一百多公里外，观鸟产业更成熟的腾冲姜家寨已有褐渔鸮鸟塘的样本：池塘开挖妥当，灯光布置到位，塘主每晚放养活鱼，吸引一对褐渔鸮来此捕食。而距离池子不远的隐蔽棚里，十几个中老年男性尖着屁股，叼着烟，坐在包浆发亮的红蓝塑料凳上，不能开灯，不许说话，刷短视频也只敢用最低音量，随时等着按下快门。一个机位一晚上一百块钱。若有巢，意味着能拍到亲鸟喂食的画面，收费也可更高。

盈江地区，居住在平原的傣族多种稻米，饱足安泰。而鸟塘这笔收入，是许多山民的经济基础。与山林共享生命的片刻，在此融入了生计的考量。

四

若将北回归线想象成一条输电线高悬，那么以盈江的纬度，它就是只日落时站在电线上休憩的斑腰燕。它隶属德宏傣族景颇族自治州，因为境内大盈江流淌得名。沿着大盈江，一路碧嶂清流，经过太平、芒允、雪梨、洪崩河，在高黎贡山南段支脉莽莽群山中往下游行进，在大盈江注入伊洛瓦底江之处，便是缅北的贸易重镇八莫。

滇缅公路通车前，这是中国与印度、缅甸互市的马帮要道。棉花、木材与香料，沿伊洛瓦底江逆流而上，运抵人烟凑集的八莫，而自盈江出山而来的中国商贾，则以丝绸和纸张换取这些异域珍品。艾芜在《南行记》里写过这段路，还以镇南州人所唱歌谣开头："男走夷方，女多居孀。生还发疫，死弃道旁。"

盈江与缅甸接壤的西面和南面，国境由南奔江和大盈江水脉天然勾勒。二水交汇处，是古老集镇洪崩河，为这条商道在中国境内第一个口岸。洪崩河在明清多易其名，民国时叫红蚌河，到20世纪90年代改为现称。

这里曾是兵家之地。明朝在腾冲西南修建八关九隘，洪崩河附近的铜壁关便属其一。但无论元朝挥师南下，明军三征麓川，抑或清朝对缅甸的四次进攻，均未在此作战。至滇缅公路落成后，马帮故道废弃，它彻底成为一处交通盲区，饶是后来大炼钢铁的风暴亦未波及此地。这片崎岖山地始终被历史喧嚣所忽略，让这里的丛岩密箐躲过了火焰和砍伐，在千百年旱雨交替中静默生长。

但是它终于被人发现，甚至在小圈子里名声大噪。虽然大盈江河谷土地开垦早已开始，一些曾经栖息于此的生命，例如赤颈鹤和黑腹燕鸥也在这场变迁中消失，但盈江依然是中国鸟类多样性最丰富的县。到了饭点，洪崩河集镇街子上呼朋引伴的，总是扛着三脚架背着长焦相机的摄影爱好者。

不仅鸟种繁多，从洪崩河一路攀升到千米海拔、景颇族和傈僳族聚居的石梯村，不足十公里山路，还是中国最易邂逅犀鸟的地带。在山脚有道拱门，刻着"中国犀鸟谷"，向踏入者们许诺着奇遇。

"那时候，上面有些路都还是毛的呢。"对未铺装路面，满姐称之为"毛路"："刚刚碰到那个开白车的男人，他那时候才骑个破得不行的摩托车。我就坐他后头，让他带我去大谷地，一个鸟塘三十几种鸟哦，但是现在不给去了。"满姐的视线满山跑，边找鸟边开车，打着方向盘，又说：

"你看到刚才跟我打招呼的那个骑摩托的啵？以前，说难听点，裤子就一条，饭都吃不饱哦！我看他好可怜，来我就带点吃的给他。他们都笑他，说，哎呀，你姐又给你带东西了，其实我跟他一点关系都没有！现在好了，来拍鸟的人多了，路修起，家家都有摩托车，好一点的，小车都开起。就这几年哦，想想变化大得很。"

忽然她一脚刹车。"你看一下，前面那树上是什么？有点遮挡。"

我急举望远镜，顺着她指的方向，见不远处千果榄仁枝叶里修长鸟影跳动，还没来得及开口，满姐说，"绿嘴地鹃？"

"嗯。"

这种鸟华丽、怪异而颇有舞台感。灰头绿身，铅白眉纹，厚喙弯如半月，是谷雨时梅子的淡青，眼周一圈裸皮，仿佛戴着化装面具，曙红如玫瑰花蕾。尾羽狭长，活脱倒插数柄墨玉短剑，透着暗暗锋芒。它的叫声带着些喜剧的夸张，母鸡刚下完蛋一般，咯咯哒，咯咯哒，顽童般张致作状，有种滑稽的自得。

"那就不看了。"满姐松离合，挂挡起步，"它旁边还有只蓝须夜蜂虎，你以前也看过的啵？"

"嗯。"我没发现，但满姐说有，就是有。

"还是接着找针尾绿鸠吧。"

"嗯。"

一丝轻微的遗憾在心底滑过。绿嘴地鹃和蓝须夜蜂虎，都是少见而敏感的鸟，前两天偶然在环志中捕获，迅速记录便放归林野，为的是尽量减少对它们的干扰，没能细看它们在自然中从容的模样。这般轻易的道别，对于观鸟人而言，是一种奢侈和浪费。

但满姐的话没错。请满姐加入此行，就是希望能在我离开文仪团队的后半段旅途中尽量记录更多新鸟种，她正在全力以赴地帮助我实现它。

五

不得不承认,我带着相当功利的动机。多数观鸟人之间,都在暗暗比较着个人鸟种数,我也不例外。而盈江,是增加鸟种数最高效的地方之一。

这不是我第一次来盈江观鸟,但可能是接下去几年里的最后一次。几年?没人知道。文仪的野外季即将完结,而我,转身就要步入一种全新的身份——成为一个父亲——某种程度上,为人父和观鸟,是一对矛盾。

每想到孩子,我都会感到胸中一缩,腾起一股不可捉摸的甜蜜,像是面对一只陌生又神秘的鸟儿,怀揣着惊喜,又不敢扰动它。

我想象着那个小小的生命,会带着我的一半眼睛、一半手脚来到这个世界,和我曾经探索与沉迷的每一寸山野、每一朵浪花产生联系。

我期待着第一次看到孩子的眼睛。那双眼睛或许会透着好奇和惊叹的光,像我见到上千只蓝大翅鸲集群、无数粒青金石流星掠过天地一白的积雪林原时那样。

我期待看到孩子第一回微笑,期待帮她/他擦去第一滴泪水,期待见证新生的腿脚第一次迈出步伐,期待那稚嫩的手指指向天边，问我那些飞鸟的名字。我期待可以徐徐讲叙奇妙生灵的荒野故事，让她/他在心中也拥有一片属于自然的广阔天地。我期待牵她/他走我曾踏过的山路，看她/他身上如绿叶般浮闪着晴美的阳光，仿佛一切都是新的，都是为她/他而生。

当然，也无法忽视另一种可能：孩子或许不会有我这样对自然的热爱。她/他会选择完全不同的兴趣，兀自走向我陌生的世界，而我将努力学会在她/他的目光中，寻找新的意义和归属。

但同时，有种深深的恐惧如影随形。

有满姐在开车和找鸟，我摇下车窗，合上双目，山岚像绸缎般温柔。留在视网膜上最后的影像，是云朵如满帆的大帆船缓缓驶过天空。到了最后一日，这里的鸟鸣我已经谙熟。高处有冕雀在独白，银耳相思鸟藏在玉叶金花丛里嚯嚯不已，左边一闪而过的是棕头幽鹛的浅斟低唱。拂晓的雨林，空气里充满挤擦嘹嘈的热闹。

恍惚中，微妙的空虚感，不真实，还有挥之难去的不舍。离孩子出生还有四个多月，但这或许是我最后一次和这样的自由共处。每一声啼啭，每一丝晨风，似乎都带着告别的意味。

父亲，这个词总带着某种厚重，根植于血脉和责任。这角色像一排雾网，等待将飞翔的我捕捉进一段全新生活中。自然是永恒的，但我的生活即将改变，它会变得狭窄、忙碌，被规整进一种屑小平凡里，充满无数无可推卸的操心、难免的错漏和硬着头皮的坚持。

我会不会在某天醒来，发现自己的人生已经被切割得无穷细碎，被挤压得毫无空隙，而那些山野和鸟鸣，已成脑海中渐渐湮灭的依稀回声，终将被尖锐的啼哭、不眠不休的哄睡，或者更远些的幼儿园、学区房、教培班所取代。告别那些清晨披露而行的兴奋，告别那些林间悄然等待的时刻，我会不会失去对自然的敏感和情致，会不会因为缺乏荒野滋养而头脑混沌，会不会在夜深人静时怆然怀念甚至后悔？想到这里，心中悚然寂寞，涌起一种被锁住双翼的无奈。

成为父亲是一趟旅程，但尚未开始便已感到沉重。

于是，蒙HCC小姐特许，我再次来到盈江，再次加入文仪的野外小队，并在环志工作结束后，请满姐带我观鸟，目标是把个人的鸟种总数提升到750种，像最后的狂欢或冲刺，或是一场背对现实的暂时逃避。

然《明史》载："明年正月三日，大兵入云南，由榔走腾越。定国败于潞江，又走南甸。二十六日，抵囊木河，是为缅境。""囊木河"即南奔江。南明永历帝由此狼狈去缅，是这偏远之地难得与皇帝沾边的故事。只不过，最终，缅甸人仍然将朱由榔父子押送至清军阵前。

——看来,对出奔而言,这里也不算个很吉利的目的地。

六

"隆隆隆……"

我清楚记得,不祥的炮声滚动着,从浪速山另一边传来,不时夹着阵阵的机枪响。

那是几个月前初次参与文仪工作的时候。开始大家觉得许是打雷和婚丧鞭炮,但转念一想,这清淡天和的原始森林里,两种可能都微乎其微。

浪速山的西面,南奔江河谷另一边,就是缅北克钦人的领地。笃信基督教的克钦原住民与主奉佛教的缅甸中央政府间的积怨已如高耸山脉般隔开两群人的心,对立冲突如林间之火,时隐时现。在新冠肺炎瘟疫之前,中国还曾接收不少穿过边界、逃避兵灾的克钦难民。旱季的南奔江水浅,在一些地方,只需卷起裤腿就能蹚过,两岸语文相通,流动本来颇随意。瘟疫期间,搞"外防输入"了,才断了联系。

我第一次盈江观鸟,也曾被战事打乱。一枚炮弹飞越边境,落在那邦村,掠走三条无辜性命,而那邦的田野大概是中国极少能同时看到线尾燕、红嘴椋鸟、斑椋鸟、纹胸织雀和黄额织雀的地方。自然的和谐与人类的动荡，讽刺无比地在此交错。当地社区开始紧急疏散非常住人口，我们也不得不仓促撤离，混乱匆忙中，还偶遇了张浩淼博士和他的蜻蜓研究团队。

他们之所以也在，是因为南奔江河谷还是一条重要的昆虫迁飞通道。每年夏秋，印度洋的气息会如潮涌起，西南季风卷着鼓胀的雨意到来，只等一个轻轻的碰撞便骤然倾泻而下。从孟加拉湾升起的热带气旋接连不断地形成，仿佛在呼唤某种隐秘的本能，而一些奇异而迷人的生物会浮浮冉冉，顺着风和水，沿着这条古老河谷，悄然进入中国疆土，像是远方寄来的信笺，带着异域的温度与湿润。

"隆隆隆……"

沉闷森然的枪炮声还隐约入耳。忽然，我的神经绷紧，整个人僵住了，因为我还听到了什么——脚步声，鞋子踩在枯叶上连续的轻微响动。

男人，至少两个，似乎在压嗓交谈，声音模糊，语言陌生，正在靠近。而当时我已经离开山腰的临时环志站，翻过山脊，到了另一面的山坡。环志间隙，我听到了针尾绿鸠的呼唤，立马循着不断变化位置的叫声，一路独自找去，满心只有它，竟忘记这是边境的郁闭深山，不知不觉走出了好远。

手机早没有信号。这里苍莽偏僻得不会有取道过路的旅人。紧张感扑面临头：会是谁呢？克钦游击队？缅甸侦察兵？冒险翻墙的流亡者？也许在这片地带，身份可以模糊不清。

但无论是哪一方，我都不知该如何应对。边防部队驻地在二十多公里外。我赤手空拳，脖子上挂着一台相机。抓紧带子抡圆是不是能当流星锤？我都要苦笑了，这过于荒谬。

忽然想祈祷，然而要向谁，基督还是佛祖？幸而我因为找鸟，走进了爵床、柊叶、大青和草珊瑚的错杂灌丛。随着声音愈来愈近，我做了唯一能做的一件事：

慢慢蹲下。

碧绿柔软的叶子缓缓将我身体淹没，没有发出声响。那一刻，我瞄到某片草叶上孤零零竖立着一粒橙黄色小卵，大概来自某种鳞翅目昆虫。但我为什么还在注意这些？我尽量放低呼吸，心脏剧烈搏动，肾上腺素让双手微微颤抖。千万不要动。世界紧缩成用力盯着的那一小段细径。

看到人了，两个，男的，青壮，个子不高，侧发剃短，面目黧黑，穿着迷彩服，各自挎着砍刀，谈着什么，并未察觉到我，穿行而过。

又等了许久，直到再努力分辨也听不见他们，我才缓缓站起。针尾绿鸠特别的咕咕声早已消失。双腿麻得站不住，膝盖酸胀无比。第一个浮现脑海的念头是：

我刚才的处境,与那些畏惧人类的鸟何其相似——藏匿在草丛和枝叶之间,躲避着强大未知的威胁,屏息静待,祈祷危险渐行渐远。

原来这就是鸟的感受。

七

"累了啊?看你眼睛都闭起啰。"满姐轻声说,"真是奇怪哦,这个针尾绿鸠,以前来就能看到,很多的啊。这次咋就找不到呢?"

"可能有些鸟就是跟我没缘分。"我睁开眼,给满姐讲了上次的寻找故事。她惊问,"后来晓得了么,那两个到底是啥人?"

"嗯。是两个景颇族的护林员,保护区的。下山路上又碰到他们,还聊了几句,人蛮好。"

"你跟他们说了你躲起的事没有呢?"

"没有。"

满姐咧嘴笑了。"结果针尾绿鸠没看到。"

"没有。"

"没关系,今天一定让你看到。"

满姐说得不错,针尾绿鸠并没那么稀罕,只是不知为何总对我避而不见。区区之愿难圆,失落便悄然堆积,原本的渴望也在无数次挫折后慢慢变成了带着怨意的执念。

但平心而论，这次盈江之行已经让我收获了不少个人新种，也认识了一些新朋友——例如张雪莲，她从餐馆的另一张桌子过来和满姐打招呼，随后端着她的菜坐下和我们一起边吃边谈。她带着我，在夜里两点半出发，靠着宣示领地的空灵叫声指引，举着热成像仪，追踪栗鸮和林雕鸮，直到东方将白，还顺便收获了领角鸮。她说，若不是在繁殖季，断不会如此顺利。

此前我从未体验过繁殖季的盈江。虽然竹子开花让翠绿山野间杂着丛丛枯黄，但依然，到处是冬季无法感受到的生命景象。和HCC小姐通话，她问，看到这些，是不是有特别的感受？

当然。自然正在炫耀般展示千万年来脆弱而壮丽的生命绵延，而在我脑中引起的最多的联想，是四个月后的未来。

石梯村村口广场上，凤头雨燕幼鸟已可像成鸟般潇洒飞行，但落下来一瞧，外观仍是树皮地衣的拟态。灰燕䴗在电线杆顶做巢，板着脸认真编织着攒集的草秆。

鸟塘里，单腿残疾的白头鵙鹛领着红红头的幼鸟来洗澡。长嘴钩嘴鹛也拖家带口，幼鸟还未熟于用喙，看着食物，只是拨拨弄弄，成鸟急了，叼起来送它，这才吃下。幼鸟衔起一片落叶反复甩动抛捡，似乎是一种练习或玩耍。

去找河燕鸥时，遇到距翅麦鸡护巢，一只诈伤，刻意跛行，另一只悬停大叫，双翅上的尖利骨刺清晰可见。而灰燕鸻雏鸟们趴在卵石之间，抬起颤巍巍的脖子，摇摇晃晃地打量这个即将翱翔其中的世界。

还有一次，是结束野外工作回住处，车行道上，忽见前面徘徊一雉，久久不去，胆大如白颊噪鹛。远远观察，是只黑鹇雌鸟。再仔细看，原来有三只幼鸟在路边排水沟底。沟壁半米高，光滑垂直，小黑鹇跳不上，只在底下奔走呼告，雌鸟在路面低声应和，频频引颈往下张望，焦急万分。

我和文仪对视一眼，决定去营救小鸡仔们。我们下车，缓缓靠近，雌鸟挤出长长一声哀鸣，扇动翅膀飞入路旁的灌丛，消失于浓密树影。我俩隔开十米，跨入排水沟，踏着厚厚落叶，前后夹击。三只小黑鹇开始全往文仪方向狼奔豕突，被他双手左右开弓逮住两只，剩下一只见状调转头，尖叫着踉跄朝我跑来，细细的小腿抢得飞快。我蹲下，摊开手，让它正正地撞进我掌心。

一种难以言表的喜悦涌上心头，嘴里默念了句占便宜的话：Come to papa！

我用环志手法擒住它，跳回路面。小家伙羽毛蓬松，柔软干净的浅棕身体上是未发育的深褐色小翅膀，眼后一条漂亮黑色纹理，乌溜溜的瞳孔里满是惊恐和茫然。捏着它赤如丹砂、红嫩嫩的脚爪,我当然想到了孩子,心里一软,赶紧把它放到灌丛边缘——妈妈肯定记挂着,不会走远。甫一落地,它就毫不犹豫钻了进去。几秒钟后,灌丛里头传出雌鸟和幼鸟们的细碎鸣叫。

我从不喜欢将人类情感生搬硬套到动物身上,但那一刻,我感到一种强烈共鸣,忽然觉得,能体会到它们死里逃生、失而复得、骨肉重聚的庆幸、委屈、柔情和欢喜。它们真有如此感受么?我不确定答案。

我只知道,我终于看到上次来盈江苦等不得的大灰啄木鸟。刚入犀鸟谷那天,满姐在路上拦下迎面而来的熟人,相询哪有大灰啄木鸟,就像是在打听另外一个熟人的去向。那人二话不说,调转摩托车头,兜兜转转半小时,领我们到了一个大拐弯。

"你盯住这棵树啊。"他指着相去不远、一棵三十多米高的四数木对我说,"等着,现在还早点,过会一定来的。"

"谢谢你。"满姐靠边停好车,握着望远镜,笑盈盈走过来。

"哎,没事没事。我去了啊,下次来家里。"

天边晚霞在逐渐消退,余光开始变得不稳定,像是一支渐渐融化的蜡烛,慢慢滴落下去。变魔术一般,两只大灰啄木鸟果然翩翩而至,以独特舞姿和粗粝喉咙,在树上垂直连续跳跃,展翅,旋转,喊叫,笑言哑哑,似缠绵固结的求欢，又如有凄楚之意。灰色翎羽、粉色面庞和松花黄的咽喉被夕阳打上一层温暖而斜长的柔光，让人想到婆娑乐神的古老仪式。四数木似乎也在微微晃动，好像它从树根到枝叶都在灵摇魂荡，沸腾起来，响应这一刻。

正举起相机，忽然飒飒声低沉越过头顶，从身后横空飞下一只雄性花冠皱盔犀鸟，落在同一树上，喉囊饱满亮黄，和枕部披散的棕红丝状羽一同在最后的暮色中熠熠生辉。

这时节，雌鸟和孩子们应该正蜷缩在湿泥封口、只余小孔的树洞里等待，孵化和育雏的四个月间，全赖雄鸟外出觅食。它偻背而立，缓缓颔首理羽，仿佛为一个家庭满怀劳心让这翼展1.5米的巨鸟都感到有些疲惫。它的喙缘磨损，有些缺刻，庞大的上喙基部膨成盔突，四道深褶隆起，似乎被谁用力錾下刀痕，加之血红的虹膜和绛紫色的眼周，让它看起来像个醉酒老恶汉，或者那凶悍孤勇的气势，让它比起鸟，更活脱是一头迅猛龙。

面对这即兴上演的双重戏剧，我忙乱间不知该将目光投向何处，只能呆呆伫立，直到演员们变成阴阳剪影，幽暗难辨，溶于虚幻。

八

犀鸟谷，犀鸟当然是重头戏。石梯村沿街房子很新，县里派人在他们粉白的墙上用丙烯颜料画了许多犀鸟壁画，屋脊两头统一竖起不甚精致的水泥犀鸟小雕塑，路灯装饰也是犀鸟展翅，像个犀鸟主题乐园。

进谷那日，塌方修路，通行停滞。在挖掘机轰然的噪音里，大家三三两两散步聊天。我与同样脖挂望远镜的两位广州大姐由一群在林间蹿空而行的蓝翅叶鹎谈起周边鸟况，交换鸟单。后来几天数次相遇，相视一笑，互问进展。

没有刻意寒暄，却也不显疏远。观鸟人之间，似乎总有隐约默契，无需多言，便自成一份连接。张岱《湖心亭看雪》写，大雪三日，他乘小舟，穿西湖，向湖心亭而去。到亭上，却意外发现早已有两人席地而坐，铺毡对饮。两人见张岱，大喜，热情拉他同饮。雪落无声，苦寒透骨，三人之间的欢愉却是天地静谧中一团火光。最后张岱借船家之口自嘲："莫说相公痴，更有痴似相公者。"

荒山野外，冰龟其手，日焦其额，但仍乐在其中，连接起观鸟者的，大概就是这种心照不宣的"痴"。我注意到两位广州大姐也请了鸟导，一位面庞棕褐、言语谦和的年轻人，驾着新款越野车。后来满姐说起，都是夸的：

"他是傈僳族的，特别厉害！他就是那种，能工巧匠一样的呢，竟然做了一个犀鸟的窝。回头我指给你。有棵树上原来有犀鸟巢，有巢不就空心嘛，刮大风断掉了。他们几个就照着原来的巢的样子，用树干重新做了一个，挂在断掉的地方旁边。一开始犀鸟不认噻，后来他们反复修改，搞了三年，今年终于有犀鸟住进去了。"

"啊，哪种？"

"花冠皱盔。那天和大灰一起来的嘛。其他两种你看过了。"犀鸟谷可见花冠皱盔犀鸟、双角犀鸟、冠斑犀鸟三种。

我表示感兴趣，于是满姐开着小面包，带我到了一面山坡前，假广子、千果榄仁和高山大风子庞杂丛生，枝叶蓁莽。山腰上，两棵犀鸟偏爱营巢的四数木一粗一细，高出其他树一头，互相挨得很近，俯临河谷。其一枯死，望远镜里可见顶端有断折痕迹，另外那棵完整，高处主干旁突出个红酒桶样的物体。

"母鸟就在里面，公鸟一天几趟回来喂。他们在旁边山坡上弄了个鸟塘，好多人等着去拍。"满姐说，这个鸟塘角度好，拍得漂亮，需要提前预约，机位很吃香。

我读过讲盈江观鸟经济的《犀鸟启示录》，知道每到繁殖季，当地山民便集体出动，结伙分头去寻野生犀鸟巢。白天找到后，为免惊扰，会在晚上摸黑用竹篾、铁丝、塑料布和镀锌钢架搭建隐蔽棚，一夜完工，成本均摊。日后鸟塘盈余，则由结伙的几家共享，已成惯例。三种犀鸟的塘在盈江都有，但犀鸟肯进人工巢箱繁殖，闻所未闻。

在洪崩河街子上吃饭时再次遇到他，我请满姐替我介绍，问了一些细节。

"就是把大木头剖开，里面挖空，再钉起来。以前搞得不对，后头照着掉下来那个巢里面的样子又试了几次，今年就进去下蛋了。"他有些不好意思，因为我转述了满姐"能工巧匠"的赞美。

"这么高的树，你爬上去的？"那巢箱的位置，离地怕是有十几层楼高。

"哎呀，我哪敢。有人敢，就这么爬。上去装好滑轮，绳子吊下来，再从下面拉。"他做了个牵引绳子的手势。

"那上面的人怎么下来？有保护措施么？"

"没有。怎么上去就怎么下来。"

每年正月十五十六，景颇族会跳"目瑙纵歌"，少则上千，多时过万人点起火堆齐舞庆祝。传统"目瑙纵歌"的领舞，会以猎取来的犀鸟头作头饰——想来是个巫意浓厚的祭祀场景。而现在，这种罕见的大鸟成了把许多痴人和新款越野车带到山间的翅膀，也成了许多新故事的开端。

九

"完全是进入一个新的人生阶段了。"满姐的目光在路面和树冠间游移，指尖搭在方向盘上，语调平和，像是随手翻开一页日记。话音未落，她突然刹车，"哎，那里！"

是五六只白冠噪鹛在山脚浅洼边站作一排，齐齐喝水。这是种有气势的鸟，看人总是睨视的，身体暗棕，后颈染一痕赭石色，粗黑的过眼纹横伸向后，纯白头冠笔直朝天，丰神俊朗，令人想到"羽扇纶巾"之类轻盈却有分量的词。它们常哈哈大笑般集体高亢欢叫，成群在林下穿梭腾挪，头冠宛如飞刀划破暗影，一副快意江湖客的做派。

但此刻它们乖得很，像碰上瑛姑的周伯通。俯伏，喙尖触到水面，轻轻含住一口，耸身仰头望天，咂咂嘴，让水顺着食道慢慢滑下，很惬意的样子，冠羽微微张开，一层纤巧蓬松的云在头顶飘动。这样的舒展让它们显得有些漫不经心，像是享受，却又好像并未投入，带着些许冷淡的优雅。

"哎呀，就好比这个白冠噪鹛，说多也多，但是呢，"车子又颠簸着开动起来，"没有观鸟以前，经常听到叽里呱啦，但不知道是什么鸟，也不关心。那时候只认得山椒鸟，不过我们叫它新娘鸟，因为我们结婚时不穿白婚纱，穿红衣服的。哦，还认得肉垂麦鸡，总爱跑到地里去。不过那时候也不知道叫肉垂麦鸡,我们土话里喊它'底滴吊'。"

"嗯?哪三个字?"

"写是写出不来的。"

"是因为叫声吧?"我恍然。

"对啊,就是它叫起来像这个声音。以前什么都不懂呀,黄嘴河燕鸥,你猜我记这个名字花了多久?两个月!怎么就记不住呢,我最后用笨办法,在纸上写了几十遍,才算记住了。"说到这儿,她忍不住笑了笑,"所以我说,做了观鸟这个事以后,像是换了一种活法,可能有点夸张啊,但真的,认识的人也不一样了。比如跟着小乐就学了很多。"

我边听,边忍不住回头。白冠噪鹛在此司空见惯,但下次相见,不知何时。它们的身影正好消失在拐弯处,仿佛从未存在,却又在这片山林中留下了无法抹去的痕迹。它们的静默像是一种回应——回应那些未曾被理解的事物,如何在被凝视中显露自己的意义。

满姐口中的小乐,是曾祥乐。我的头一回盈江观鸟,就是小乐带队。当时的司机尹师质朴幽默,大家都喜欢。

满姐跟我说,十年前盈江搞第一届观鸟节,政府派指标,要每个车队出车当司机,起先规定不给费用的,没人愿意接活。满姐是车队长,硬着头皮领了任务。好在后来"政府贴一点,车队贴一点,刚够了油钱"。那次她认识了小乐和铜壁关老乡小班。这两人后来共同成立了盈江观鸟协会。

小乐刚开始带团时,报的人不多,都是包满姐的车子跑。后来做起名声来了,小面包不够坐,才请了开中巴的尹师。这是小乐和许多如他般的中国年轻鸟导事业起步的缩影。像是伴随观鸟热潮萌发的一则注脚,当时的小面包满载的,是一种尚未成型的可能性。

"你看,这个望远镜,就是以前小乐帮我找优惠价买的,问了他三个月才给我搞定。"

"哦,对,他回信息很慢的,有一搭没一搭。"我帮腔。

"他总是在外面嘛,小乐这个人,看起鸟来不管不顾的,什么手机哦,理都不理。早上发的,半夜突然回你了。"

右边路旁枝头闪起一股嫩黄,往后飞去。我举起望远镜,扭身追踪,满姐马上减速:"什么东西?"

"没事,黑头黄鹂,看过了。"

"哦。"就是这样,小面包快快慢慢,走走停停,好在山路上几乎没车。"2018年,版纳那里搞鸟赛嘛,我就跟着他们,去当司机。"

那晚去夜观猫头鹰,车灯的光亮沿着漆黑山路蜿蜒流转。张雪莲告诉我,她参加了那届在西双版纳的观鸟比赛,司机正是满姐。她的声音里带着一丝遥远的笑意,仿佛在召唤某个曾经的清晨。

和曾祥乐一样，张雪莲原在杂志社工作，可是，"实在太喜欢鸟了"，辞职干起鸟导。她刚在盈江带完团，略显暗沉的眼下和稍微放松的坐姿透露出这些日子的疲累，但把客人送到腾冲机场，她自己又冲回洪崩河，再看上两天，趁繁殖季剩点尾巴，"还有几种鸟要补上"。

"我跟你说，我参加过那么多比赛，所有司机里面，真感兴趣队员看了什么鸟，会主动问'那是什么鸟'的，只有满姐。其他那些司机都完成任务，你说要去哪就去，给你送到，完事。"

我也有类似体会。在鸟塘里等绿胸八色鸫时，我耐不住，叮嘱满姐"来了叫我"，自己出去转悠，看到长尾阔嘴鸟和东方寿带的巢。东方寿带幼鸟三只，已经出巢，亲鸟衔食飞近，幼鸟列队纷纷张口，枝头倏地开出三朵小黄花。

最难得的，是发现了孵卵中的鸦嘴卷尾。这种鸟种群规模不小，但在中国的繁殖影像记录不多。我回去跟满姐提，她犹豫一下，请我带她去看，还问了鸦嘴卷尾和容易混淆的黑卷尾、古铜色卷尾之间的识别要点，细细记下。

最后她语含歉意说："哎呀，是要跟你们多学，我从来没见过，可能看到都认不到，反而是跟着客人看鸟了，真的是。"当天满姐的微信朋友圈发了两张照片，配文字："第一次见到鸦嘴卷尾。"

张雪莲笑，"这很满姐！"不过，当我告诉她，满姐还单独带过一个团的西班牙客人时，她惊讶得像一只黄嘴角鸮。

我第一次得知时也是如此。那次谈起孩子的话题，因为满姐的微信朋友圈，最近有一条"当外婆比当妈还紧张"。

"以前自己带娃娃的时候，好像也没什么难的，"她一边说，一边微微笑着，声音里带着一丝自嘲，"现在看我女儿和女婿在那里弄，年轻人搞各种东西，我一开始都看不懂了。空调打起好低哦，娃娃的手脚冰凉，还说是正常的。"

"毕竟两代人嘛，方法不同了。"我应道，"别说你了，那么多门道，我都觉得头大，只能拼命看书学。"

"对嘛，就是学！"满姐抬抬下巴。"以前他们给我介绍一群西班牙人，来观鸟的，要找鸟导，别人接不来，我就接了。他们讲不来中文，我讲不来英语。很搞笑的，我们一路就拿手机翻译噻，到后来我也学会了几句他们的话，不过现在都忘记了。"她笑着说，"养娃娃，你喜欢看书，我是刷抖音，刷很多那种育儿视频，讲啥的都有，也就是学嘛。"

"愿意花工夫，还能学得进去，也是不容易的。"

她笑了笑，放开一只手，轻轻拍了一下方向盘，像是对自己这些年的努力表示满意。但下一刻,语气又缓了下来:"不过,有的时候啊,你做是一回事,实际又是另一回事,也没那么简单的。"

她的话轻轻停在车内。我却想到前几天看三趾翠鸟时的画面。

这是一种身长仅握、鲜艳玲珑的小鸟。顾名思义,它只有三根趾头,而非鸟类通常的四根。它们的脚爪像是红珊瑚打磨成的纤细小钩,站在枝头看起来与这个世界的连接似乎更为精简。

那时,雄鸟叼着一条鱼,慢慢靠近雌鸟,直到挨着对方。它们的喉部都有一丛雪白,过渡到明黄的腹部,并在一起,像是一幅描绘两个落日同时隐入霞光的水彩。所有人都在等待翠鸟科成员的典型行为:雄鸟将食物送给雌鸟,作为求偶的礼物。

通常来说,送鱼给另一只翠鸟时,无论求偶或育雏,都要将鱼头朝向对方,如此方便吞咽。但这只雄鸟没有这么做。雌鸟看着眼前递过来的鱼尾,微微迟疑,没有立刻接过。它轻轻咂嘴,像是在思考如何处理这种意外。过了一会,它才终于接过那条鱼,但并没有立刻吞下,而是含了一会,最终当着雄鸟的面,自己慢慢把鱼掉了个,才一点点咽下。而雄鸟似乎没发现雌鸟的异样,也不关心它的犹豫,就好像送出鱼的瞬间,任务便已完成,直在一边愉快笃定地翘动着尾羽。

我不禁笑出声。雄鸟和在场的人类大概都没注意到雌鸟的困惑和尴尬。然后,我看见它们开始交配,像是一种自然的、不可避免的结果。

车窗外的风景迅速掠过,树木、草丛、河流仿佛一一被撕裂。那一幕看似简单,却有一种不易察觉的错位,让我联想到人与人之间那些未曾预料到的时刻——那些我们试图给予却不知如何给予,或如摄影负片般明暗反转,面对给予却感到窘迫甚至愤懑的瞬间。亲子之间,这种细微却深刻的隔阂几乎注定存在。

"很多时候,自己认为付出了,可结果对方根本没得着好,还可能觉得麻烦、觉得委屈呢。尤其是和孩子之间,可能总是会差那么一点点。"

满姐点了点头,见我沉默片刻,主动开口说:"我以前带一团台湾客人,早上走着走着,你猜怎么,我看到了停在树上睡觉的林雕鸮!"

"嚯,这运气!"

"我高兴坏了,赶紧把他们叫过来,给他们指,没想到他们一个个男人都跑掉了,搞得我莫名其妙。后来他们说,大白天碰到猫头鹰,太不吉利了,哈哈!"

十

我跳起来，拍去裤子上的尘土，钻进副驾驶座。满姐说，她在这一公里来回开，想在路边树上碰碰运气。

"怎么都没有。"她笑着摇头，语气里兼着一点不服输的味道，"后来碰着个女人从地头干活回来，我就把车停下问她，这点附近有什么树在结果子。她说村后头有呢。我想，对哦，一过去，就看到绿鸠了。"

车子从乡道拐进村里小路，到了尽头停下。我们沿着田边步行，穿过一片齐眉高的咖啡林，阳光在叶片间细碎闪烁，像某种轻声的预告。然后，我看见了——也是一棵黄葛树，高高地伸向天空，根扎在咖啡地边缘，华盖如云，橙橙红红的果实点缀其中。

一棵活的树。这么说可能有点奇怪，但站在它面前，这正是我脑海中的第一印象。我停住脚步，心跳微微加快。

"这棵树，去年也结得特别好。"满姐指着树冠，"绿鸠就喜欢这种果子。和平鸟吃另外一种，鹩哥的口味又不一样。"

我举起望远镜，边调整焦距边嘟囔："说实话，我都有点不抱期待了。"

视野渐渐清晰。

无数绿鸠在树冠间聚集、盘旋、啄食、跳跃，简直恨不得叶片间每个空隙中都有一只绿鸽子在忙着什么，身影尽皆不断闪动，让整棵树如同微波浮泛的一汪碧池。集中精神分辨：楔尾绿鸠、厚嘴绿鸠，然后呢，针尾绿鸠。

"有了。"我低声说道。一只针尾绿鸠站在枝条上，水蓝色的喙衔着榕果。侧面看去，逐渐变细的尾羽像气球上的丝带，让它轻盈得像一个呼吸间的念头。它身上的绿是数不清的细微变化，像是浓烈鲜嫩的大地绿意正在缓缓凝结。

没人知道为何此刻这棵黄葛树上挤满了三种绿鸠，而不远处的另一棵同样结实累累，却一只都没有。但毫无疑问，它们遵循某种隐秘的规则去履行自己的角色——飞行、觅食、传播种子。它有绝佳的拟态，却没有任何东西需要隐藏，每一个动作、每一个存在的瞬间，都在坦然表达它如何与这个世界共生。这种联系对我们来说或许依然是谜团，但对它们而言，却是亘古不变的默契。针尾绿鸠或许亦并不自知——它也不需要知道。它不需要知道自己在争取什么，却又似乎在尽力抓住每一秒，毫不犹疑。

罗伯特·麦克法伦（Robert Macfarlane）写，登山活动曾经"可能是寻常百姓能获得的最接近军事战役的体验"，和攻克、牺牲、俘获、侵占密切相通。他引用约翰·丁达尔（John Tyndall）第一次登上魏斯峰的回忆：

"我摁着这座山上最高的雪花,魏斯峰从此清名不再。"

但观鸟不是这样的。我看着针尾绿鸠,看它在横枝上走动,一步一点头,觉得终于得到了它的允许,仿佛是森林意志的片刻显现,无关征服抑或占有,而是一种柔和的接受与被接受。

十一

往机场路上,我们绕去了太平镇郊外,想找找红梅花雀。满姐说那有个稳定的点,但到了才发现,地面散布着牛羊粪和残缺的植物根部,河岸湿地的芦苇已经被彻底砍光。眼前只剩几只白斑黑石䳭,灌木丛中挤藏的一群斑文鸟胆怯地探出头。

看到一块公告牌:

为进一步保护大盈江流域留鸟及候鸟,为鸟类提供充足食源,经报请相关部门同意,由香港嘉道理农场植物园资助,铜壁关自然保护区盈江管护分局技术指导,太平镇人民政府负责实施,在大盈江国家湿地公园太平镇西段20亩滩涂,试验种植20亩鸟类食物以供鸟类食用,用于保证鸟类正常的繁衍生息和安全越冬。此点仅为试验示范,禁止模仿。

字斟句酌，像是带着自信与规划的承诺。可就在牌子旁边，一张雾网横在灌木间，在风中微微抖动，细密而隐匿，在阴天几近透明，像一个耐心的伏击者。

这东西我再熟悉不过。和文仪所用一样，6米长，撑到4米多高，设置方式也如出一辙。但这张网显然不是为科学研究而设的。

环志时，为了避免鸟类伤亡，你应该每隔二十分钟便检查一次。雾网极富弹性，本身对鸟不会有杀伤，可一旦被缠住，体羽受到束缚，会无法如常蓬开。而羽绒之间存留的空气是鸟类赖以保暖的屏障，一旦失效，会让它们小小的身体一点点流失温度，直至无法挽回。

热量流失的速度和体积密切相关，体积越小，热量散失得越快。因此，袖珍鸟类面临的失温风险更高。处理时，你会把各种柳莺、鹟莺、旋木雀等排到最高优先级，有时甚至要在送去环志站的路上，把鸟连同袋子一起放进贴身衣物里，用体温保护它们。

而在繁殖季，你会先吹开它们的腹部羽毛，寻找那片显眼的充血孵卵斑。如果发现，它就应该被提到最高优先级，因为它不仅承载着自身的生命，还温暖着下一代。若是长时间无法返回巢穴，鸟卵无法获得亲鸟的加温，这一轮繁殖的努力就可能化为泡影。

同时，你不能忽视鸟在应激状态下的脆弱。长时间挣扎可能导致它们体力耗尽，甚至直接死亡。更糟的是，这种无助的动作往往会吸引周边捕食者，危险随时可能降临。

紧张感会在每次解网时都压在心头，逼迫你加快动作，却又不能犯下一丝错误。你明白，一个微小细节，就会让生命的天平在无形中倾斜。

对于以上这些，布置这张雾网的人，显然毫不在意。

这是一扇通向死亡的门。网下满地羽毛就是无声的证词——这是盗猎者的惯用手法，抓住鸟后先把毛拔光，赤条条的鸟几乎无法靠外观定种，而警方一般不会为每只鸟做基因测序。他们以此来逃过"不小心"抓到保护物种的"风险"。

网上耷拉着一只死鸟，还有三只在挣扎，翅膀扑打出的弧线不停被强行拉回。满姐和我救下了那还活着的灰头椋鸟、红尾伯劳和我的个人新种，厚嘴苇莺。起初我俩指尖还带着习惯的谨慎。可没多久，这种耐心就变成了愤怒——我们为什么还要如此小心？我把缠在鸟上的丝线一一挑起，满姐拿出随身带的指甲钳，全部剪断。

我的最后一次环志查网，解下来的是一只白喉扇尾鹟。理论上，在中国分布的扇尾鹟共有三种。但除去白喉扇尾鹟，菲律宾斑扇尾鹟作为迷鸟在台湾十分罕见，而白眉扇尾鹟——它和盈江有段渊源——也很可能已经区域灭绝。

1868年3月,在盈江的蚌西村,苏格兰动物学家约翰·安德森(John Anderson)率领加尔各答博物馆的考察队采集到一只白眉扇尾莺标本,留下了它在中国的第一笔明确记录。然而随后的百余年间,再无人在国内见过它。唯一的例外,是1974年在中缅边境的云南泸水县那条孤独的记录。

所以,白喉扇尾莺可以算作中国唯一的扇尾莺科代表。最后的缘分是这特别的小家伙,也蛮好。放归时,我看着它黑色的眼睛和小孔雀般的尾羽,默默道了再见。

但是没想到,它不是我解下的最后一只鸟,也没想到初遇厚嘴苇莺竟是以这种方式。之前所受训练,仿佛是为此刻而准备的。有什么东西在心里轰然炸开,我激动起来,踹倒架网的长杆,徒手用力把网撕开一个又一个豁口,破碎的网线垂落下来。满姐在旁边,一言不发地用指甲钳把网上的主干线剪断,嗒,嗒,嗒,嗒。我们默契地将这片网毁坏到再无法修复,让它摊在地上,像一个被解除的诅咒。

脑子里想的是:你要如何跟一个孩子解释这些?

十二

回家后,我和HCC小姐分享了满姐从路边树上摘的青芒果，学满姐的弄法，削皮，切成薯条般的细块，蘸精盐和辣椒粉，脆爽，且酸美可口。我还给她看了竹子结的尖利颖果——毕竟都是禾本科的植物，和稻谷颇似。

当晚，城市华灯漫上天际，笨拙地模仿着黄葛树叶间筛下的日光。窗玻璃上每滴雨看上去都是河流的化身。车声和人声覆盖下，隐约传来林夜鹰和八声杜鹃的啼叫。我做了梦，又站在盈江的山林里。

落脚之处是厚重的腐殖质，是无数年来堆积的枯枝落叶、花瓣果壳、羽毛鞘翅、血肉骨骼。每一步都踩在时间残骸上。时间在这里并不是一个抽象的概念，它是有形的，实实在在的，诉说着从未被书写的故事，无论多么微不足道的生命，都会留下它的遗迹。

周围渐渐暗下，最后一抹霞光即将消失在山峦背后。万物宁静。说不上来是不是为了某个重要时刻的来临，但它慢慢融入了这一切自然景象的变化之中。梦是模糊的，可这种宁静感精准而细微，它并没有直接击中我，只是登山渡水，过树穿花，悄无声息地渗透到我的意识里。

我在等着。我又看到等待中的自己，就像一只针尾绿鸠，站在枝头，吃着榕果，耐心守候某个人的到来。那颗榕果的形状像一滴水。

柔若无骨的光线淌到我的羽毛上，一个短暂又深邃的瞬间像被定格在了空气里，而这瞬间定格又带着某种必然的逝去感。风吹树影，周围一切又继续原有的节奏，仿佛从来没有停顿过。

我不知道这等待的尽头是谁，但我知道，那个人找了我很久，弯弯绕绕，或许对我的话语一无所知，对我的盼望毫无察觉，但我们都很期待对视的那一刻。当那一刻来临，我们会一起从枝头振翅。

就像那滴水，只是被时间凝固在坠落的刹那。我知道，这滴水终会流进土壤，与矿物混合，与根须交织，化为不可辨认的滋养。我们会同行，但我终将看着那个人离开，带着秘密和方向，融入一个我无法进入的世界。而我，只需停留片刻，掩埋旧物，怀着期待，再继续走下去。

我从不喜欢将人类情感生搬硬套到动物身上。

/任宁

纯真的"反动":
做真菌/地衣/苔藓/森林是怎样一种感觉

撰文　安小庆

在大理，詹姆斯·C. 斯科特（James C. Scott）是门不折不扣的显学。咖啡馆、地摊、书店、数字游民社区、正念中心、素食者餐厅，斯科特的观念和他的书无处不在。

"弱者的武器""逃避统治的艺术""大工程为何失败""游击战的日常实践"……尽管斯科特于2024年7月19日去世，他依然活在此地不止不休的对话中。

搬家来大理前，我在书本的用力划线中，理解这位敏锐的当代政治学家和人类学家。在一篇关于云南菜市场的报道中，我曾经引用他的观点。写完那篇文章的两年后，我从深圳流徙到云南。

最初只是为了找到一个能够顺畅呼吸的地方，一个不用每天做核酸的地方。弱者的天赋是逃跑，我那时就是这么想也是这么做的。大理打开了一道门缝。在短暂的考察期，我发现少年时代从森林原野中采摘过的所有野果野花，都在云南重新遇见。

这于我是无法抗拒的邀请。像一只被围追堵截的野猪，我着急忙慌从城市的高架桥跳入横断山的河流山林中。在这里的两年，我学着去做一个幸存者。

我说得最多的词语是"谢谢"。我感谢"门缝",感谢苍山,感谢苔藓,感谢地衣,感谢真菌,感谢山林,感谢花朵,感谢树皮。

我试着用树皮、树枝、苔藓、地衣、花朵、岩石、羽毛、蜂巢、松塔在客厅建造一座干燥的树木神龛。对不起,我又犯了树木中心主义的错误,那不只是树,它是一座自然造物的神龛。

每天早上,我端着工作前的那杯咖啡凝视神龛:你们怎么可以这么美丽呢?那是我一天中最不像进化论顶端生物的时刻。

"小"和"边缘"

直至从哈巴雪山脚下的森林抱回那块半人高的冷杉树皮,我才确定可以收手——我的丛林神龛终于有了完备的灵魂和形态。

神龛的第一批神来自苍山。2023年的元旦假期,整个大理古城的人们,陆续从新冠感染中恢复。我在沙发上躺了足足十天。整副骨架血肉在沙发沼泽深处快要朽坏,我拎起它们抖了抖,和两位来大理的朋友去爬山。

在苍山半山腰的针叶林,我遇到一块小腿长短的树皮。它脱落自云南松的腐木。树皮表面已经长满墨绿色的苔藓。

那是我带回家的第一块树皮,也是我作为新移民在此地的第一枚记事结绳。

此后的两年,试图在人居空间中复制丛林的欲望越来越强烈。花朵和松果已经满足不了对自然的恋物癖。我从老君山的原始森林带回披肩流苏一样的苔藓和地衣,从冈仁波齐转山途中背回两块长着金黄色地衣的岩石。两个月前的哈巴雪山,我小心抱着那块半人高的冷杉树皮,走了四公里,从山腰扛到越野车的后座,我感觉自己在运送稀世珍宝。

它是我见过最美的织物。冷杉的木质纤维和维管束组织,是这块自然地毯的基底,月白色的地衣和毛茸茸的苔藓,是世界上最擅长地毯编织技艺的撒哈拉柏柏尔妇女指间童稚可爱的花纹。

倘若我们放下这副美的镜片,换上生物学的镜片,那么眼前这块冷杉树皮就是我们最好的老师:从地衣、苔藓到所谓的高等植物——树,再到隐居其中的蚂蚁,这块树皮直接聚现的就是我们这个星球漫长的生物进化的河流。

如果说,苔藓是万物的签名,在我看来,地衣就是大地的文身。人类几乎可以在任何地方看到地衣,科学家甚至在玻璃表面也发现了它。当然,人类也完全可以做到无视它,因为地衣几乎是一种与"小"和"边缘"等量的存在。

纯真的"反动"：做真菌/地衣/苔藓/森林是怎样一种感觉

在大理，我每周会去爬一次苍山。雨季，采摘菌子的游客充斥山林，人类欣悦于对着篮子里的艳丽野生菌拍照，但很少有人能叫出作为森林最广大背景的地衣的名字。

地衣在山林中无处不在：岩石和树皮的表面、步道的缝隙、佛塔的阴面、昆虫的背部、云杉和冷杉树冠垂下的长长胡须、峭壁表面的金粉、云南松下的墓碑、防火水管的铁皮……

与地衣总是被无视的境遇形成巨大反差的，是它相对于这个星球所有造物的先驱式存在。没人知道地衣最早演化出现的时间。目前最早的化石显示，至少在4亿年前的泥盆纪，地衣已经存在于地球。

地衣不是人类英雄之旅故事中最常出现的那种孤胆豪杰。它是一种真菌与藻类（或蓝细菌）联合共生的复合生物。在这个共生关系中，藻类富有叶绿素，带来光合作用产生的糖和能量，而真菌的天赋是分泌强劲酸性物质，它能够溶解岩石中的矿物质，为这段共生关系带来自己的礼物。

地衣钟爱岩石，这种钟爱彻底改变了我们这个星球的面貌。大约5亿年前，海洋中的藻类或许是被海水冲上海岸，它们与同样抵达陆地的真菌结盟，在岩石上以地衣的形态开始定居。这是地球生命史上一次偶然、壮阔又影响深远的远足。

那时的地球没有土壤。当地衣死亡、降解，它们的残片混合经地衣酸腐蚀后的岩石颗粒，形成地球最初的土壤。在初土之上，慢慢进化生长出真正的植物：苔藓。在苔藓之后，是蕨类，然后是所谓的高等植物们，之后，动物登场。

真菌与藻类之间的古老联盟，为后来登陆的其他生物繁衍创造了最基本的生命条件。它们是地球的开荒者，是这颗星球上最初和最基本的生命形式之一。它们没有根，没有叶，没有花，没有果实。然而，这种简洁中蕴藏着无尽的能量。

地衣是地球上最拔尖的"嗜极生物"。在喷发后的火山口、冰川退去而裸露出的岩体、沙漠最热最干旱的地方、南极冰面一千米以下的冻土中，都能找到地衣。太空生物学家通过实验发现，在太空的宇宙射线下，除了地衣，其他能够幸存的生物少之又少。

一些知识者习惯沿用异性恋婚姻来描述藻类和真菌的结盟，然而地衣似乎天生具有全方位的"腐蚀性"：在传统人类婚姻中，伴侣可能会随夫姓，后代完全随父姓，但地衣的名字本身是对这种坚固传统的反动和刺破。

地衣的命名不偏向这个联盟的任何一方，它是一种新的存在，一种平等的关系。作为一种跨物种的关系，一个天然不迷恋二元对立的先锋，地衣又是如此古老——与它具身实践的存在方式和为这个星球作出的巨大贡献相比,地衣实在太过谦逊低调和隐于背景了。

"我们都是地衣"

人类认识地衣的历史并不顺遂。《菌络万象》一书的作者默林·谢尔德雷克(Merlin Sheldrake),从小就对真菌充满兴趣。童年时代,他最爱的游戏是把自己埋进枯叶堆里,想象自己是真菌和蘑菇的一员。

"当真菌是怎样一种感觉"的游戏,成为他一生关注的课题。谢尔德雷克认为,地衣依旧是活着的谜题。自19世纪以来,地衣曾在科学家和神学家间几度引发辩论:究竟是什么构成了具有自主能力的个体?

地衣的发现史,是一部人类不断挑战自己陈习的历史。伟大的生物学家和艺术家恩斯特·海克尔(Ernst Haeckel)曾经在《自然界的艺术形态》中描绘地衣。与海克尔的其他作品一样,他笔下的地衣有着科学画基础之上的宗教感和未来感。它切近肉眼的直见,也让地衣和两个世纪前的宗教人物画一样具有不可思议的崇高感。

但看清楚了地衣,不代表真的了解了地衣。在相当长一段历史时间内,分类系统一遇上真菌、地衣或细菌就乱了套。1751年,瑞典植物学家、现代分类系统的设计者卡尔·林奈（Carl Linnaeus）写下他对这种现况的不满："真菌目仍然一片混乱，这是一桩技术丑闻，没有哪个植物学家知道什么是物种，也不知道什么是变种。"[1]

直至1869年，瑞士植物学家西蒙·施文德纳（Simon Schwendener）提出一个激进的想法。施文德纳认为，与长久以来的分类认知不同，地衣不是单单一种生物。在一篇提出"地衣二元性假说"的论文中，他主张，地衣这个"名"之下，实际上是两个"实"：真菌和藻类。

施文德纳的"地衣二元性"狂想，受到同行们的激烈反对："两个不同的物种在不丢弃自己本体的情况下，怎么可能一同形成一种新的生物？"[2]还有一位同行不屑评论："谁听过这种玩意儿啊？"[3]

那是大航海、地理大发现和博物学第一次帮助人类看清世界的时代，是达尔文、库克船长、洪堡、林奈重新发现和组织世界的时代。科学家和分类学家们皓首穷经，对照收集猎夺而来的标本，试图将每个生物放进它们应属的文件袋和抽屉格，岂料地衣的"二元性"假说轻而易举打翻了半柜抽屉。

1　[英]默林·谢尔德雷克：《菌络万象》，罗丁豪译，北京联合出版公司，2024年，第193页。
2　[英]默林·谢尔德雷克：《菌络万象》，第66页。
3　同上。

对现代科学家们来说,"模糊"和不确定是一种巨大的折磨。不可思议处还在于,达尔文之后的进化论认为,物种的演化谱系是生命树的分叉,但地衣逆流而上,画出了意料之外的力矩方向:融合。

让我们暂时抛开古老的生命演化树,把双脚踏入19世纪末的时代河流,感受水温:已经进入工业资本主义社会的人们,笃信启蒙和理性,崇仰铁路和汽车带来的速度和现代性,人们相信进化、冲突和竞争带来进步,正如赫胥黎将生命之间的关系和演化之旅描绘成"角斗士的表演……最强壮、最敏捷、最狡诈的才能多活一天"[1]。

但地衣用它的简单,轻轻挑破了诸多颠扑不破的"真理"。它的生存法则如此直白,也因此具备夺目的革命性。

作为资深的"麻烦制造者",地衣在人类为它们打造的分类系统里四处游走,在"整体"和"部分的堆集"之间徘徊。这种"徘徊",对现代社会的"个体"神话造成了不小的威胁。

英文单词"Individual"(个体)的拉丁文词源意为"不可分割的"。作为天生反骨的游击队员,地衣混淆了个体和群落的界限,也模糊了物种之间的界限。至今许多人仍误以为它是植物。

---

1 [英]默林·谢尔德雷克:《菌络万象》,第67页。

时间到了1877年，德国植物学家阿尔贝特·弗兰克（Albert Bernhard Frank）接过同行施文德纳的先锋创见，创造了"共生"（symbiosis）这个新词，用以描述真菌和藻类共生的生命状态。词语具有建造和巩固现实的魔力。这是仓颉造字鬼哭神号和巴别塔区隔人类背后的共同寓意。

当新的词汇诞生，新的世界得以增殖，人们逐渐接受了地衣带来的"共生"概念。地衣以自己纯真的"反动"启示人类，关系是可以互利共生的，是可以没有主次、没有中心和边缘、没有上位者和下位者、没有第一性和第二性的。

地衣的"反动"远不止于此。在生物学和社会学的中间地带，地衣还在继续分泌酸性物质。在一篇名为"地衣的酷儿理论"的论文中，地衣与酷儿走到一起。作者认为地衣和酷儿们没什么不同，它们都让人类的思维跳离了死板的二元框架。"身份是一个问题，而不是一个已知的答案。"[1]

地衣就这样连接起5亿年前和5亿年后的世界。5亿年前，真菌和藻类这两位地球最初的弱者，基于我们今天已经不得而知的缘由，选择共生。5亿年后，科学家和社会学家们发现，如果赛博格（cyborg）一词描述了生物和科

---

[1] [英]默林·谢尔德雷克：《菌络万象》，第83页。

技的融合,那么人类连同所有其他生命形式都是辛博格(symborg)——共生有机体。在一篇对该领域具有开创性的论文中,研究者写道:"从来不存在个体。我们都是地衣。"[1]

"最低等的"

在地衣生活的地方,一定会有它的好朋友苔藓。

当我走入丛林,我学会了低头和匍匐。只有告别灵长类动物的海拔和视阈,我们才能看到真正美且庄严的丛林。苔藓和地衣一样,是丛林中最普遍和平均的基底。

苔藓出现在地衣之后的世界。它们是最简单的高等植物。由于无法像树木那样从土壤中汲取水分,运输给顶端的叶片,苔藓生来矮小。但仅凭几个简洁的茎叶结构,苔藓就在地球上演化出了22000多个种。

人类对苔藓算不上友好。苔藓具有类似植物根、茎、叶的分化组织,人类据此允许它进入高等植物的分类抽屉。但它没有花、果实和强壮的维管束组织,因而被科学家们标记为高等植物中"最低等的植物"。

许多喜欢苔藓的人都会为此感到不忿。究竟什么是高

---

[1] [英]默林·谢尔德雷克:《菌络万象》,第85页。

等，什么是低等，什么是进步，什么是落后？当我们在森林中待得越久，当我们在地上趴得越久，我们会对人类把万物进行分阶和排序的行为本身，产生越来越多的狐疑。

世界著名的苔藓研究专家、北美印第安原住民的后代罗宾·沃尔·基默尔（Robin Wall Kimmerer）认为，"（苔藓的）小并不意味着失败。以任何生物学度量标准来看，苔藓都很成功：它们在地球上几乎每个生态系统中都有栖居"[1]。

在绮丽跌宕的地球生物演化史中，苔藓是植物界的"两栖动物"。以它作为舟楫和桥梁，生命成功从海洋迈向陆地。死亡后的苔藓和地衣一样，为地球制造了最初的土壤。更进一步，丛生的、比地衣高大得多的苔藓，储藏了丰富的水分，为高等植物的进化提供保温保湿的双重庇护。

很多昆虫学家相信，昆虫早期的演化史是在苔藓交缠如羊毛地毯的厚垫中发生的。从最原始的水生生命向较为高等的陆生生命进化时，苔藓为它们创造了一种过渡性环境。

今天，很多昆虫仍然要靠苔藓垫来孵育卵和幼虫。在

---

[1] [美]罗宾·沃尔·基默尔：《苔藓森林》，孙才真译，张力审订，商务印书馆，2023年，第26页。

基默尔的实验室中,她发现,一个杯子蛋糕大小的苔藓能容纳150000只原生动物、132000只缓步动物、3000只弹尾虫、800只轮虫、500只线虫、400只螨、200只蝇类幼虫。[1]

"你以为因为我贫穷、低微、不美、矮小,我就没有灵魂,没有心吗?"[2]

当看到基默尔在书里为苔藓的"小"激情辩护时,我在想,当年夏洛蒂·勃朗特在写作《简·爱》时,是否久久凝望过英格兰的苔藓地带呢?

在我的丛林神龛上,保存时间最长的是苔藓。两年了,它们依然干燥,只比刚来时墨绿了一些。感谢滇西北干燥的空气,如无意外,它们和地衣一起可以存活至人类不可企及的地老天荒。

苔藓的"永生"技能,来自造物主给予它的礼物:变水性。变水性让苔藓能够随着周围环境湿度和水分的变化,调整自身的含水量。在极端环境中,苔藓可以脱水直至彻底干燥。

对它们来说,脱水只是生命中暂时的停顿。一旦有了雨水,它们立马就会苏醒,重生。但这种戏剧化的过山车

---

[1] [美]罗宾·沃尔·基默尔:《苔藓森林》,第86页。
[2] 参见[英]夏洛蒂·勃朗特:《简·爱》,宋兆霖译,浙江文艺出版社,2025年。

式的水分变化,对高大植物来说却是十分致命的。[1]

在19世纪一场关于生命复苏和生命终极本质的辩论中,苔藓是主角之一。科学家们困惑于,在重新获得水分的那一刻,苔藓奇崛的生命力如何模糊了生与死的界限。

经过长期的研究实验,科学家们发现,苔藓能够在极端干燥、高温、严寒的环境下,以一种"隐生"的状态存在。在这个介于"有"和"无"的中间地带,生命并未终止,只是以一种几乎感知不到的速率在延续。

苔藓在生与死之间穿梭的机制,仍然是一个巨大的谜。当我们意识到,人类才刚刚抵达这个谜团的门外,它却已在我们脚下的苔藓丛中秘密运行了数亿年时,我们会愧疚地卸下人类那虚妄的自信和试图指导万物的"人类说教"(鉴于历史上,人类human等同于man,那就沿袭传统也称之为mansplaining吧)。

作为目前生物分类版图中的最底层和最弱小者,作为这个星球最早的宾客和定居者,苔藓早就与变化达成了契约。它们是很好的佛教徒,每一刻都在练习与无常共处。

在与苔藓交换生命经验的二十年职业生涯里,基默尔发现了苔藓如何在变动不居的世界里照护自己:"它们的命运与雨的变幻莫测联系在一起。它们把自己变小,皱缩起

---

[1] 参见[美]罗宾·沃尔·基默尔:《苔藓森林》,第57—58页。

纯真的"反动"：做真菌/地衣/苔藓/森林是怎样一种感觉

来，同时小心翼翼地为自己的重生打好基础。"[1]

我最近一次读到这段话，是在一位朋友的社交媒体上。她是昆明一间书店的主人。过去三年，因为许多不受她控制的事，书店常常无法营业。看完基默尔的《苔藓森林》后，她告诉我，她太喜欢这个印第安女人和她笔下的苔藓了。

对这位困顿艰辛的书店人来说，此刻，苔藓是她最好的老师。她从苔藓那里学习"皱缩自己"，等待一场雨或者干旱加剧地到来。她们都做好了重生的准备。

月亮时间

基默尔是我最喜欢的那类科学家。她有出众的写作技能，她具备将科学的真和美翻译给最广大受众的决心和热情。最让我动容的是，她和她研究的对象具有高度的审美和精神同构性。

基默尔是北美印第安原住民的后代。经过一个多世纪的"清洗"和"消毒"，在她成长的时代，她已经几乎算是一个普遍意义上的美国人。

1975年，基默尔进入大学的森林学院。那个年代，森

---

[1] [美]罗宾·沃尔·基默尔：《苔藓森林》，第58页。

林学院很少有女性和少数族裔的学生。在入学前的面试中,导师问她:所以,你为什么要选择植物学专业呢?

基默尔说,自己生来就是植物学家,她的床底有好几个装满种子的鞋盒,她还会跳下自行车,在路边辨认新物种。她来森林学院是想搞清楚,为什么一些小小的粉色兰花只生长在松树下,为什么某些植物的茎秆特别适合编成篮子,为什么紫菀和一枝黄选择盛开在同一片林地。

导师用礼貌的微笑克制失望:"如果你想研究美,你应该去文学院。"

基默尔没有反驳。她进入西方科学的传统中,一路从本科念到硕士、博士,最终顺利获得大学教职。基默尔远离了故乡的植物,习惯按照导师强调的有关科学的"客观性"法则,将研究对象视为一种客体,尽力保持冷峻的态度。

在学习和扮演一个现代科学家的生涯中,基默尔常常感受到分裂的痛苦。她发现,自己身边似乎一直有什么东西存在,它"一直在拍我的肩膀,想要让我回过头去"[1]。

或许是因为原住民的身份,或许是因为女性的生命经验,基默尔总是按捺不住一种冲动。她觉得自己天生的倾向是想要看清事物之间的关联,寻找把世界联结在一起的

---

[1] [美]罗宾·沃尔·基默尔:《编结茅香》,侯畅译,商务印书馆,2023年,第57页。

线索，她喜欢的是合并，而不是区分。

直到博士毕业前的某一天，她收到一封聚会邀请函。那是一个关于原住民传统植物知识的分享会。在那次聚会中，她认识了一位印第安纳瓦霍族的老年妇女。她一辈子没有上过学，她讲了几个小时的植物：谁在哪里生长，谁和谁生长在一起，谁可以用它的纤维来筑巢，谁可以赠予我们药物。

如同天启的一句话是，老人说，我们不仅要认识植物，还要听到它们对我们说了什么。基默尔觉得老人其实回答了多年前她在入学面试中向导师提出的问题。

如果回到那一天，基默尔希望导师不要再狭隘地否定科学研究中"美"的部分，他应该回答，你的问题太宏大，不是目前的科学所能触及的。

基默尔仿佛从那次聚会中获得了一张合法的护照。从那之后，她开始自觉做一个边界之间的穿梭游荡者。她终于搞清楚了某种兰花为何喜欢生长在松树下，紫菀和一枝黄为何愿意做邻居。

最重要的是，她找到了成为自己的道路。她把三股塑造她的力量握在一起，编结属于她的职业道路和生命故事。第一股是她身为印第安原住民后裔的文化传统，第二股是她从西方科学系统中获取的知识和训练，第三股则是一个讲故事的人的角色自觉。

基默尔将它们称为传统、科学和故事的交织。边界之间的游荡，多重身份的磕碰，对她曾是沉重的行囊，但基默尔凭借敏锐和自反，最终"学会了飞翔"。一种新的知识物种诞生了，一个游荡的人回归故里了。

自由后的基默尔，讲述的第一个故事是关于苔藓的。她回忆："之所以想讲苔藓的故事，是因为它们的声音太少被听到，而我们从它们身上又可以学习到很多。"[1]

声音太少被听到的，何止苔藓。和苔藓一样遭际的，还有地衣、蕨类、真菌、树木、森林，以及基默尔所在的少数族群。

从女性和原住民的生命经验出发，科学家基默尔看到了许多同行无法看见或者不愿看到的生物图景。在她的杰出著作《苔藓森林》《编结茅香》中，基默尔为世界上最矮小的造物书写传奇，为不被看见的原住民智识传统接续传递。

按照印第安原住民的传统知识，造物主赠予每一个生命不同的天赋。在最早研究苔藓的阶段，基默尔曾去图书馆的文献中查找属于苔藓的天赋。

收获寥寥。就像一百多年前，伍尔夫曾前往剑桥大学图书馆寻找女性的历史创造而不得，基默尔也没有在图

---

[1] [美]罗宾·沃尔·基默尔：《苔藓森林》，第3页。

书馆的文献中，找到苔藓在历史中的记录和与其他造物的互动。

后来，基默尔意识到，19世纪的人类学之所以很少提及苔藓，是因为那时的知识生产根植于这样一种现实：大多数从业者是当地居民中的上流阶级，他们研究他们能看到的和想看到的，他们的本子和相机里满是男人喜欢追逐的玩意——打猎，捕鱼，制作工具。

就在基默尔快要放弃时，一个短小的不起眼的条目引起她的注意：苔藓在尿布和卫生巾的制造中有着广泛的运用。

基默尔终于找到了苔藓历史悠久的天赋。它们最重要的用途，曾经和女性的日常生活紧紧联结在一起。难怪上流阶级的闲暇绅士们无法"看见"苔藓。

苔藓中的泥炭藓，能吸收自身重量20到40倍的水分。凭借如此强大的吸水能力，泥炭藓曾被广泛用于制作卫生巾。"一战"期间由于棉花供给减少，经过无菌处理的泥炭藓，也曾一度广泛用作绷带敷料。

苔藓和女人是天然的好朋友。苔藓帮助女性吸收经血，清洗鲑鱼，制作婴儿摇篮的底垫，填补漏风的墙面。

在非洲和北美洲的原住民文化历史中，月经期是女性的"月亮时间"，她们的生命能量在这期间抵达巅峰。在这段特殊的生命时间，是苔藓与女性彼此陪伴。

远古的人们赞颂女性的"月亮时间"。当然在另一些乏味陈腐的文化中,这也是女性被认为污秽以致不能参与广阔公共生活的可笑缘由。然而值得感喟的是,属于女性的"月亮时间"照亮了越来越广阔的世界。

其中就包括基默尔在内的女性科学家的贡献。她们用一种新的知识生产方式,照亮了曾经不被看到的物种和历史。基默尔说,"生活的任务是要为自己创造地图"[1],而非服从于历史已有的看似"天然"的程序,去格式化自己。

无所不在"网"中

我太喜欢基默尔的敏锐灵光了。作为一个和她一样深爱苔藓的人类,我附议她的提案:人类应该设立一个专门感谢苔藓的庆典。

在这个感谢仪式上,我们可以按照基默尔的研究,念诵以下这段感谢词:

如果森林会祈祷,那么我猜它只会感谢苔藓。苔藓为森林涵养雨水。它留住的巨量水分,慢慢蒸腾,天上的云,也因此感谢苔藓。没有苔藓的森林,水流会裹挟土壤

---

1 [美]罗宾·沃尔·基默尔:《编结茅香》,第6页。

直接涌向大海，淤塞鲑鱼生存的河道，为此，河流和鲑鱼感谢苔藓。苔藓的细胞壁坚硬、难于消化，熊在冬眠前吃下大量苔藓，阻止自己在漫长的冬眠期间排便。熊感谢苔藓。很多鸟会用苔藓来编织巢穴，苔藓是最完美的天然纤维，为鸟蛋提供温暖的缓冲。鸟儿感谢苔藓。森林的大树上寄生着茂盛的蕨类和兰花，它们的根被苔藓所保护，蕨类和兰花感谢苔藓。树木的种子落在苔藓层的软床里，树木感谢苔藓。真菌在倒木上寄生，厚厚的苔藓防止木头变干。真菌感谢苔藓。

整座森林，似乎都被苔藓编的纤维密密缝合在一起。事实上，森林中不只有苔藓织就的大网。在造物的丛林中，一切无所不在"网"中。

当代人类是网生生物。作为20世纪最伟大的发明之一，因特网彻底改变了人类的生存方式。在与人类世界相对应的生物世界，也有一个同样伟大的发现。

这个洞见，是由加拿大林区一位伐木工人的后代发现的。这位了不起的科学家叫苏珊娜·西马德（Suzanne Simard）。西马德认为自己是野外和森林的女儿。按照家族的传统，她成了一名伐木工人。

在丛林的工作中，西马德对北美当时的森林资源管理观念产生了许多不解。她不愿意把森林视作一种可规划和再造的"资源"。当她还是一个小女孩的时候,她最爱吃的零食是大树根部的黑土,她爱死了那种腐殖质的芬芳。

为了拯救森林,她必须完整地了解和理解森林。西马德亲身入局,从伐木工转行做学生,进入学院系统,用近二十年的时间成为一名始终在现场的森林科学家。

在解谜的过程中,西马德和苔藓学家基默尔一样,找到了"完整的自己"。她们所研究的对象,也在生命的诸多关键节点,承托起她们颠沛的身心。

1997年,整个地球村在新世纪将要到来的兴奋和恐惧中升温。就在这一年的8月,《自然》杂志以封面文章的形式,刊发了西马德关于"森林之网"的洞见。

西马德发现,森林并非被动和呆板。相反,它们充满能动和智慧。森林的地下是一张大网。在这张无边无际的网中,真菌与植物的根系结盟,真菌将自己从土壤深处获得的水和矿物质分享给树根,作为交换,树木将自己光合作用产生的一部分能量回报给真菌。以树木为节点,以菌丝作为道路,森林中所有的植物都连接在一起。

这就是西马德教授,这个伐木工人的后代,这位森林的女儿,发现的森林之所以成为森林的"那个秘密"。

《自然》杂志将西马德的发现,形象地总结为"木联网"(wood-wide web)。在当期杂志的评论文章中,同行科学家认为,西马德教授等人的研究"明确表明,在温带森林中，大量的碳可以通过共享真菌共生体的菌丝在树木之间流动，甚至在物种之间流动"[1]。

这是世纪末的重大科学进展。太过奇妙甚至巧合的是，"木联网"这个伟大的发现，几乎与世纪末的因特网热潮同步共振。在森林的世界，共享菌根网络的植物生长得更快更好。在人类的世界，互联网让人类第一次实现物理和信息空间的共享联合。

"木联网"的洞见永远改变了人们对森林的看法："植物能在其中挣脱由资源竞争构成的死板等级制度。这些看法很像人们在20世纪90年代对因特网的天真企盼；在迎接新事物诞生的狂热氛围中，互联网被当成了逃离20世纪死板权力结构的出口和数字乌托邦的入口。"[2]

和历史上的许多前辈一起，西马德再度挑战了进化论的核心观点。生物之间不仅仅通过你死我活的竞争来进化和生存。她记得，在实验室读取数据的那天，"大地似乎都在晃动"。

今天，科学家们发现，超过90%的植物依赖"木联网"的菌根共享系统。"共享"的观念早已从森林弥散到消费社会的每个角落。对西马德而言，森林也是她的共享网络。

---

1 [加]苏珊娜·西马德：《森林之歌》，胡小锐译，中信出版社，2022年，第208页。
2 [英]默林·谢尔德雷克：《菌络万象》，第150页。

进入中年后，西马德结束了婚姻，不久后发现自己罹患乳癌。在切除乳房后的痛苦化疗中，西马德常常去森林里待着。有一天，她坐在一棵枫树下，感觉自己"进入了枫树体内，它的纤维和我的血肉相互交织，我融入了它的心木"[1]。

没有……能够独活

我在丛林中穿梭的时间越长，越对大树、地衣、苔藓、菌根产生一种跨物种的依恋。这种依恋让我得以从人类的形制中暂时溜逃。有时，我觉得苔藓是我在世界上最美的小姨，苍山是我话不多的好朋友，毛杜鹃是我的小女儿，我也是大树的人形孩子。

走在山海之间的农田，我和西马德一样深深吸入土壤腐殖质的香味。我发现隔着遥远的时空，大理的农人和美洲的印第安人一样，喜欢把豆子、玉米和南瓜种在一起。

印第安人把它们叫作"三姐妹"。玉米是大姐，她长得最快最高，有了她的支撑，豆子可以绕着姐姐向上生长。南瓜的叶片广阔，能够给姐妹的根部遮阴，避免土壤水分大量蒸腾。看上去，豆子活得最轻松，但正是豆子给三姐

---

[1] [加]苏珊娜·西马德：《森林之歌》，第342页。

妹带来了最宝贵的礼物：氮肥。豆类是植物中少数能够将空气中的氮转化后吸收的。它依靠的也是一位结盟伙伴，在根部与它共生的根瘤菌。

在家常的"三姐妹"外，横断山人民最爱的野生菌，也是共生网络的实践者。山民和科学家都知道，松露和松茸选择和自己偏爱的植物根部一起生活。鸡㙡菌更是与它的盟友非洲大白蚁协同演化共生了2000万年。

非洲大白蚁不能直接吃掉木头纤维，它们需要依靠蚁巢伞属的白腐菌。二者不可思议的合作，诞生了鸡㙡这种至今无法人工养殖的野生美味。

当我从一篇关于鸡㙡和共生白蚁的硕士论文中读到以上知识后，我在水龙头下清洗鸡㙡时，对整座山林有了更浩瀚的感谢和敬意。

作为一个无法实现光合作用的异养生物，作为这颗星球最年轻的居民，人类需要向真菌、地衣、苔藓、菌根、森林这些古老纯真的老师提问。它们来到地球的时间比我们要长得多。它们经历了地球最剧烈的变迁，它们穿过每一次的巨变。它们是地球上最有经验和智慧的幸存者。

虽然在许多人类看来，它们是那么的微小。它们一直被放置于分类系统的最底端。

以它们作为老师，我们需要学习在无常的变幻中，如何生存，如何共生，如何找到自己的同伴。在《末日松茸》

的启示之外，还有末日苔藓、末日蕨类、末日地衣。弱者的启示、弱者的生存、弱者的智慧、弱者的实践，或许就是我们在末日生存的急救包。

进而，在自然之外，还有隔着时空的远离中心的各种本地知识。过去两年，少数族裔和女性科学家们的著作给予我最多的烛照和力量。为什么那些影响深远的洞见由她们发现？为什么那些看似边缘的不合时宜的古老知识，拥有跨越种群和时空的解释力？这些探索和洞见的背后，研究者和研究对象是怎样的气质同构？

当我们开始看到"不确定"，那么一些无法归类的"二合一""三合一"存在，究竟是暧昧的冒犯，还是对人类分类意识形态的纯真反动？林奈所代表的"父"的管理系统无边无际，我们是否需要从更多元的、边缘的、少数的、原住民的"母"的视角，去校正后天置入的那套软件系统？

在基默尔所属的印第安族群文化中，"山"并不是一个名词，而是一个动词。

海，河流，星期六，瀑布，也不是名词。成为一座山脉，成为星期六，成为瀑布，成为土地。这才是万物真正的存在方式——"有生命的语法"。[1]

---

[1] [美]罗宾·沃尔·基默尔：《编结茅香》，第63—78页。

纯真的"反动"：做真菌/地衣/苔藓/森林是怎样一种感觉

基默尔希望今天的人类学习这套"有生命的语法"。这种语法"能够引领我们走上一条全新的道路，让我们生活在这样一个世界里：其他物种也是拥有主权的人民，全世界实行物种间的民主，而不是某一个物种的暴政……"[1]

在"后新冠"时代，联合还是脱嵌，开放还是封锁，依然是昨日的世界和今天的我们共同面对的选择。在森林中，"单独"是没有意义的。在浓雾弥漫的世代，我们需要察觉出那只拍在我们肩膀、提示我们回望的手。

好似一个世纪那么久远前，我曾经写过一段关于植物和人类世的文字："没有一株植物能够独活，没有一个板块不折射整个'场'——时代的气味、颜色、声部、温度、景观的变化。"

虚妄的是，那时的我并不理解作为一株植物活着的感受。现在，我开始有了一些具身置换的感觉，在很多个深夜，我想念我的丛林朋友们：苔藓的梦境中最多的是雨吗？地衣会梦到海洋中的前生吗？树木会在临终前给家人留下遗书吗？漫游的菌丝会给无法移动的植物朋友带来远方的故事吗？菌子需要一遍遍练习那个钻出土壤松针层的"决定性时刻"吗？这世上有叫苔和蕨的小女孩吗？肉身也是年轮，它会记得哪一年的雨水特别丰沛、哪一年的气候

---

[1] [美]罗宾·沃尔·基默尔：《编结茅香》，第76页。

特别酷烈吗?

感谢我们的老师。

参考书目:

王立松:《中国云南地衣》,上海科学技术出版社,2012年。

[美]罗宾·沃尔·基默尔:《苔藓森林》,孙才真译,张力审订,商务印书馆,2023年。

[美]罗宾·沃尔·基默尔:《编结茅香:来自印第安文明的古老智慧与植物的启迪》,侯畅译,商务印书馆,2023年。

[英]默林·谢尔德雷克:《菌络万象》,罗丁豪译,北京联合出版公司,2024年。

[加]苏珊娜·西马德:《森林之歌》,胡小锐译,中信出版社,2022年。

[比利时]瓦莱丽·特鲁埃:《年轮里的世界史》,许晨曦、安文玲译,商务印书馆,2023年。

基默尔说,
"生活的任务是要为自己创造地图",
而非服从于历史已有的
看似"天然"的程序,去格式化自己。

/ 安小庆

我想讲的关于水雉的故事

撰文 陈创彬

2022年6月4日
水雉来了,我不想离开

自从4月底在西面的菱角塘发现水雉之后,整个5月我都没能再找到它们的踪迹。那天看到的那只还远未换好繁殖羽,头颈斑驳,线条模糊,后颈的羽毛还是浅黄色,作为最显著特征的长尾羽也才生长出来一小截。那天之后它就在我的观察区域内消失了,不知道去了哪里。到了6月初,我几乎失去信心,想着或许今年它们不来这里繁殖了。

6月4日傍晚,我又到厦深铁路南面去看黑翅鸢。南面已属邻村地界。我们村的西南角和邻村的东北角相接,厦深铁路也大体沿东北—西南方向斜斜穿过两个村子,在我们村西南角越过两村分界,穿入邻村田园。我们村以旱田为主,而邻村池塘棋布,多有种菱,或许是因为更靠近韩江东溪,水网通畅,发展水产也更便利。

两年前我开始在村子周边探索,做自然观察,记录生活在这里的鸟类,发现在两村交界的这一段铁路两侧,菱角塘密布，鸟类众多，于是常常游荡过来。从我们村西南角穿过高架桥洞，隔着一小片荒地，一对老夫妻在这儿经营四口水塘，刚好围成一个田字，一口养鱼，三口种菱。在中间一横上，他们搭了棚屋，半边养鹅和存放农具，半边住人。过去的一个月，那对黑翅鸢在这几口塘东面的桉树上重新安家。为了观察它们，我常常到这儿来，站在中间的塘埂上往东望，记录两只鸢的一举一动。这一天，我又站在这道塘埂上，默默计算黑翅鸢重新开始孵卵的日子，祈祷它们顺利。

突然一只白鸟低低飞过，有什么东西使我感到它不寻常。那不是一只池鹭，或是一只别的什么，那是一只水雉，消失一个多月后，水雉终于再次出现。

这时刘老师发来信息，说过几天在福建沿海有一次白脸鸻调查，问我能不能支援一下。我感到为难，如果没有意外的话，黑翅鸢再坚持十天左右就能孵出幼崽，我不想错过雏鸟破壳的那一天。更重要的是，水雉来了，我不想离开，我已经等了两年。

2020年10月，我第一次遇见水雉，在高架桥北面、同属于邻村的一片菱角田里。这片菱角田东面和我们村地界相接，北面临着一面深水潭和引往农田的灌溉渠，几个菱角塘在这里依傍水域，向西连缀成片。10月已经是菱角季末，水雉所在的塘里，菱角已经退往一边，显出明显的黑腐症状。几只水雉在上面活动，有正在褪去繁殖羽的成鸟，长尾已经零落，有已经长到接近成鸟体型的幼鸟，低头觅食时，露出红棕色的头顶。虽然看到的不是水雉最美的样态，但发现它们就生活在离自己这么近的地方，仍然令我满腔兴奋。

一个月后我再到那片菱角塘观察，发现一切变了样。塘里抽走了水，露出底下的垄和沟。菱角沉在塘底，已被晒得脆了，几乎和塘泥一般颜色。四面塘埂被喷洒过除草剂，一片枯黄。水雉不见了踪影。但有什么别的在那里：鹡鸰四处溜达，金眶鸻趴在垄上休息，沙锥鬼鬼祟祟藏在垄沟。有鱼被困于水洼，鹭鸟围在四旁。被我打扰，一只大白鹭往北飞，落到塘埂上垂满楝子的苦楝树冠。我先是感到失落，很快又释然。对于菱角耕种的节律和农地样貌的更替，鸟儿们想必远比我熟悉和适应，所以现在的塘底成为另一种栖地，也并不寂寥。我怀着希望，期盼着来年菱角再次铺满这里的时候，水雉会回来。

水雉回来了，在第二年夏初，像准时赴约的朋友，出现在邻村的菱田里。没有机会续写故事，没多久我就飞往青海，参与一个鸟类调查项目。奔波辗转，直到这一年8月底，我才重新去寻找它们。就在前一年发现水雉的同一个菱角塘里，又有四只水雉幼鸟长大了。塘里的雄鸟脖颈羽毛凌乱，看起来有些狼狈；雌鸟的状态却要比它好许多——在水雉的生活里，雄鸟承担了孵育的责任。我又错过了水雉繁殖季节最核心的阶段，看不到它们怎样确立领地，怎样筑巢，怎样孵化，新的生命怎么降生，它们又怎么利用、适应或者抵抗这片环境里的种种。而这个8月虽然比前一年发现它们的时间早了一个多月，这片菱田却也已经在退化。过了两周再来看，一半塘面已经被浮萍盖住，就像覆上了一块绿布。在这面平坦的绿布上，黄蜻飞舞，黑卷尾追逐着黄蜻往来穿梭。塘里的菱角被舍弃了，这里很快又会排干水，水雉不得不再次离开。

为什么这一年这塘菱角被舍弃的时间比前一年提前这么多？水雉幼鸟有足够的时间成长出迁徙的能力吗？这样的变化真的是水雉能适应的吗？在这种农业生产的不稳定性之外，水雉还要面对什么？顺着黑卷尾的飞行轨迹，我发现东面塘埂上有一面鸟网，上面挂着一只血肉早已消解殆尽的池鹭。而这时，在这口菱角塘北面，同属一位农户的一小一大两口塘，都已经排走了水，仅剩低洼的垄沟里还有浅流，形成一些微型的"滩涂"，秋迁回来的金眶鸻和红颈滨鹬落在其中歇脚。这些景象使我感到一种必要性，去看到被苦楝和乌桕围绕的这些菱角塘中，翠鸟和斑鱼狗、水雉和小䴙䴘、黑卷尾和黄蜻，以及菱农，如何围绕菱角建构各自的生活？它们和菱农相互之间存在什么样的生存张力，又必须面对什么样的冲突？我越来越多地到这儿观察记录，就这样来到了第三年。2022年6月，水雉再次回到这片菱角塘。无论如何我不想再错过这个繁殖季节。我要看着它们是如何在这片菱角塘里度过夏季的。

写了这么多，我其实在暗暗逃避向你描绘一只水雉的美，好让你理解它如何使我的内心生出这样执着的情感。它不只是鸻形目水雉科水雉属的一种鸟类，不只有使它擅于行走在菱角上的长长的脚趾和弧线优美的尾羽——因而得"菱角鸟"或者"水凤凰"之名，也不只有金黄或者

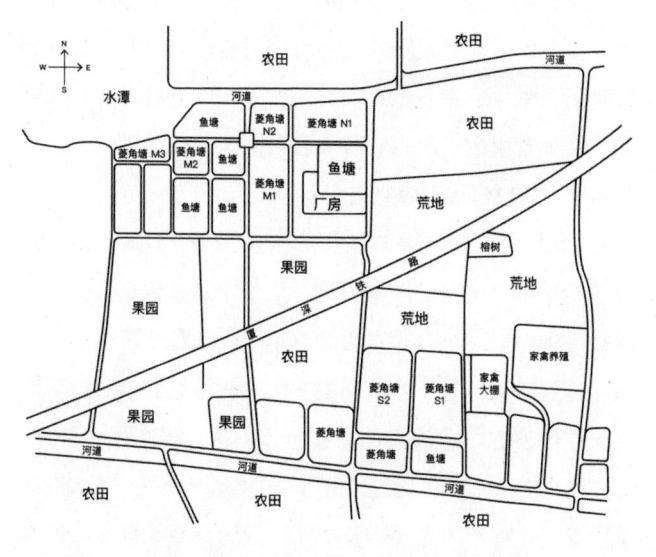

厦深铁路和分布在两侧的菱角塘。连续两年发现水雉幼鸟的菱角塘是M1（中心偏左上方），同一位农户的菱角塘还有N1和N2。

雪白的色泽、背上如同香云纱一样隐隐反射的光芒、美丽的灰蓝色的喙……我只能假想，在第三年的这个夏天的黄昏，如果你和我一起走到西面那片菱角塘，看到绿色浮叶上的那对雉鸟被最后一片薄薄的日光照亮，它们看看彼此，又看看你，或许那时候我便不需要向你解释什么。

2022年3月17日
小䴙䴘无法理解自己的对手

这个6月，水雉到来之后，好几天一直稳定地在西面那片菱田区活动。最多的时候有四只在同一口塘里，它们有时因为争斗或者被惊扰而飞起，在几口菱塘之间来回移动。一种紧迫感在我内心积累着，因为远在水雉到来之前的春天，我已经被菱农打击得灰心丧气。

3月17日，在前两年有水雉幼鸟长大的M1塘里，我发现了今年第一个小䴙䴘巢。这时菱角才开始生长，疏落的浮叶平铺在塘面上。禾本科杂草（或许是双穗雀稗）从边岸蔓延到塘里，从菱叶之间挺立出来。浮巢被一圈稗草围着，在倒映着白色天空的塘面上，无论是那个黑色小丘，还是它周围比别处更显茂密的水草，都很难不令人注意到。繁殖季就这样猝不及防地开始了，我还没做好准备，就要先为这个巢担忧。

按照我所知的他们的惯性,一旦发现水鸟的巢,出于对水鸟一向的敌对情绪和身体里存留的狩猎本能,从来都是把巢清理掉,如果有蛋就收回家吃了。对于农民来说,守卫作物是天然正义;而水鸟筑巢会咬断菱茎,在菱农眼里,不管是黑水鸡、小䴘还是水雉,一视同仁,都不能容忍。那种敌对情绪几乎可以说是痛恨,在他们身上是如此明确而强烈。在东面另一片菱角塘,此前我跟另一位菱农有过交锋——"你别看那个巢好像就一小团,你知道底下有多大,那一团捞起来有多少斤吗?!那是多少菱角!"那位阿伯控诉道。确实,小䴘的巢从水面上看虽然不大,却真的只是"冰山一角",更大的部分沉在下面;而黑水鸡巢单从水面上看,体积就很可观。虽然有时候这些浮巢里其实穿插了很多菱田杂草,但大家显然并不仔细分辨,一切顺从直觉:"留它们在这里天天踩掉菱角,每年不知道要吃掉多少!"他们自然也不会看到,这些水鸟默默为他们除掉了多少叶甲和幼螺。告诉他们水雉是国家二级保护动物也没有用,在监管极其缺乏的地区,各种冲突和伤害都是默默发生的。

担忧的事情很快应验。我在塘边松树下守了没多久,过来了一位阿伯,穿上水裤,蹚到塘里就开始拔草。我默默祈祷他的拔草作业不那么细致,那个巢可以不被发现——只要一直不被发现就好了!我怀着这样并不理性的期待,眼看着阿伯一步一步就来到了巢边，不被发现已不可能。即使怀着不安，我也不得不开口了，我说，阿伯你看，你前面有个鸟巢。

后来我想，那时他可能仅仅不想和我发生冲突，所以对我后面所说的一切都只是和气地应着，嗯，哦，这样？行吧。对我来说，要做这些表达需要克服很大的心理阻力，因为我恐惧无效沟通和（不导向解决问题的）冲突；但预期的艰难场景竟然没有出现，"沟通"出乎意料地顺利，阿伯甚至撩开了覆盖在浮巢上的水草，告诉我里面有四颗蛋。我松了口气，甚至心里开始得意了起来，觉得真是一次很棒的行动。阿伯走后，我又去确认了一下，那个巢还在那里，小鹏鹏稳稳地趴在上面。

第二天过去，什么都没有了。

巢没有了，蛋没有了，小鹏鹏在塘里游荡。有时它转头看我，那种直视令我感到愧疚。

"你知道那一坨捞起来有多重吗？！你知道它毁掉多大一片菱角吗？！我不可能留着它的。"承包这几口菱角塘的农户没有给我商量的余地。

"我不可能留着它的！"

我跌坐回去。

但那对小鹏鹏暗暗在原来的位置重新筑了一个巢。十一天后我看到时，巢里已经掩着四枚白色的蛋。我不想再暴露它的所在，只在每天暮色降临时偷偷过去看一眼。

过了几天，巢和蛋再次消失。

小䴘䴘换了一个位置重来。又过几天，巢又没了。

又重来，又没了。这是第四次。

虽然还继续关注那片菱角塘，我决定不再看小䴘䴘，不再为它们感到受伤，我的心已经麻了。有时在黄昏瞟到它们仍在塘里忙碌，觉得那说不清是某种英雄主义还是只是笨，它无法理解自己为什么有一个这样执着的对手，所以也不能从中得到教训，就像菱农希望它学会的那样：我不欢迎你在这里安家，请你离开。我也不知道是否应该羡慕它们，好像不会被真正打倒，只是再来一次，再来一次。我心黯然。

但水雉来了。

2022年6月9日
为了小䴘䴘，也为了水雉，我必须走进那扇门

M1塘的塘主在这里承包了三口塘，夹成一个L形，小屋就在L的拐角处，用来存放农具，也可供休息喝茶。M1塘在小屋南面，另外一小一大两口塘，并列排往东面。菱苗正月种下，5月前后进入采摘期，塘主就会雇工来采菱。采菱的都是周边乡里的老菱农，半辈子都在和菱角打交道。

手因为长期泡在水里摘菱,十指都是皴黑的。一般从清晨5点多开始,阿伯们坐上菱角船,下塘摘到8点,上岸吃粥,喝两杯茶,坐一坐,接着摘到10点。菱角船长1.5米,宽0.6米,分隔成三个舱,仅容一人坐在船头,另一头装水保持平衡,中间载物,能装两百斤菱角。菱农靠双手划水在菱角间移动,把菱角苗一棵接一棵翻过来,摘下成熟的,往背后扔进船舱,这样的动作做上五个小时,工钱是一百块。一茬采过,过半个月可以再采一茬,直到秋季北风渐起,菱角慢慢凋零。这么早开始采菱,是为了避开中午最热的时段。然而华南的夏季,太阳出来没多久就开始让人感到湿热难耐,屈在小船上几个小时,时而暴晒,时而骤雨倾盆,这是辛苦到不会再有年轻人继承的工作。

6月9日早上,差不多8点半,我又走到了菱角塘。几位采菱阿伯正在小屋里吃粥。又下起了大雨,我站在小屋外的屋檐下避雨。今天人齐,我暗暗想,要抓住机会做一点什么。我踌躇着,给自己鼓劲,在心底攒出力气。终于,我转身走进了那扇门。

"想跟大家商量一下。"

如预期的艰难。没有技巧,我只有努力维持的温和与耐心。我说这些鸟吃了很多虫子,我说水雉是保护动物,我说你留着那个巢,它们孵卵带娃一个季节就过去了,这段时间就不会再折你的菱角,你毁了一个巢它们换个地方又再搞一个，损失更大，这笔账应该很容易算清楚。但无论说什么，他们都能用"反正"把我挡住——反正这些鸟就是不好，反正就是不能让它们在里面筑巢，反正我不抓也不打它们，只是想把它们赶走……好像他们身前有一堵厚壁障，我不能使信息穿透分毫，即使站在他们的立场上算账，话语也只撞到墙壁，铛铛铛地掉落在地。好在虽然如此，茶杯之间的来来回回都还是和气的。我说如果留住那些巢，可以提供补偿。他们虽然仍表现得毫不在意，但那种和气仍然令我存留一丝丝的期望，在那看似油盐不进的态度里面或许仍有松动的缝隙。无论如何，能完成这个过程，我已经在心里轻轻拍了拍自己。

雨小了一些，我出门，在菱田里找到两只水雉，拍了

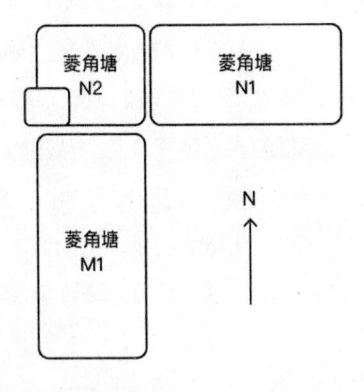

同一位农户承包的三口菱角塘。

些照片。想到什么,又折回小屋,把照片给他们看。"很美!"他们也会这样说。

2022年6月18日
"你有看到吗?那边的小鸟孵出来了。"

天常常下雨,但采菱的工作每天都在继续。水雉虽然一直在这一片活动,过去了一周多,却似乎没有稳定下来繁殖的迹象。我在这片菱角塘、高架南面黑翅鸢的领地和一片位于我们村里的"自留地"之间来回转场。连续的雨天最终使黑翅鸢又一次繁殖失败,但像小䴙䴘一样,它们又重整旗鼓,决定在那棵树上再来一次。我常常感到无法称量这些观察带给我的两种不同的影响——到底孰多孰少?一边为它们日益紧张的生存处境和难以改变的状况而感到焦虑和灰心,一边被这样的生存的韧性触动,它们失败了,再来一次,又失败了,再来一次,默默承受一切,继续生存下去。村里的自留地里,茭白丛里的山鹪莺巢快要垮下去了,连日的雨加快了支撑巢的叶子腐坏的速度,而雨水又令那个巢变得更重。在雨和雨的间隙,我带了针线过去,把它缝得牢固一些,好让那个口袋能维持到几只幼鸟顺利长大。

6月18日早上,我又到西面菱角塘去,阿伯们正在M1

塘里采菱。看见我来，一位阿伯对我说：

"你有看到吗？那边有小鸟孵出来了。你说留着留着，我们才把它留下来了。要是在以前，蛋都吃掉了。"

是N1塘的一巢小䴉鹈。终于有新的小䴉鹈降生在这片菱角塘里。

我心里百感交集，但只展示了喜悦和感激。我转身去看了看小䴉鹈，确认了状况，决定仍按计划先到西面去守着水雉。这一天水雉仍然在几个菱角塘之间徘徊，繁殖的状态没有什么变化。临近正午，我才把"工位"挪到东面塘埂上，躲在苦楝树的树荫下，借着杂草的掩护，寻找小䴉鹈一家的身影。那个巢靠近北面塘埂，虽然有空心莲子草作为掩护，还是在绿色的菱叶间显现出来。一只亲鸟趴在巢上，时刻观察着四周的状况。它的翅膀明显鼓张着，拢住了底下的事物。先是一只，绣着斑纹的脑袋钻出来张望，露出它小小的明亮的粉红色的喙，嫩生生的新生命。然后是第二个脑袋、第三个脑袋……一共四只幼崽，被两只亲鸟守护着。我看着它们，直到天空又被雨云笼罩，才收拾东西回家。那天走进那扇门的勇气，还是为小䴉鹈，或许也为水雉，撬开了一点点生存的缝隙，对吗？

2022年6月27日
那个巢上面有一枚蛋

烈日和骤雨之间,水雉依然反复在不同的菱角塘之间徘徊。两三天后,我发现一对水雉离开这片菱田,远远地往东面我们村的方向飞去。心念一动,难道它们飞去了那里?今年一位堂伯在我们村里也种了一塘菱角,如果水雉去那边繁殖,我做起工作应该会容易些吧?在小小鹨鹨出生后的第三天,下午我走到这口菱角塘北面,借着一棵芒果树的掩护,观察塘里的情况。菱田里好热闹,黑水鸡四处都是,洗澡的、打盹的,有不少一头青灰的半大幼鸟;池鹭、黄苇鳽各据一处捕鱼,一样有很多刚刚长大的新生代。成年池鹭背上的蓑羽就像垂顺的蓝灰色流苏,悬垂在洁白的身体上,离得越近,越看到它的美。而靠近南面塘埂的位置,果然有一对水雉在那里。

一对完美的水雉。一直在一起活动,低头觅食,或者梳理自己的羽毛。有时它们相互走得远一些了,便会回头找找对方,转头向对方的方向移动;有时它们靠得很近,可以看到雌鸟确实比雄鸟稍大一些,尾羽也更长而弯曲。虽然只能隔着一个水塘的距离远望,也不难从它们的行为和在一起时的情态捕捉到它们之间那种亲密的联结。这时是下午5点半,雄水雉在更靠近塘中间的位置洗了澡,抖干净身上的水，稍作梳理之后，走到南面一处站定，又梳理了一会儿羽毛；接着，它伸展头颈低低俯下，又把尾羽高高翘起，几乎要绷出一道45度斜指天空的直线，远远地可以看见它的尾羽跟随身体某种隐秘而细微的动作微微震颤。即使是第一次看到，直觉还是告诉我，这就是我想看到的它们繁殖期的仪式化行为之一。我发现它站立的位置，在挺立的菱叶中间显出异样的平坦，有横走的藤蔓搭在表面，几枝空心莲子草围在四周，我意识到，那可能是雄鸟准备好的一个"巢"，一片小小的漂浮的平台，它要召唤雌鸟过来。正在塘中间洗澡的雌鸟从水中腾飞而起，直直飞往雄鸟。

它们准备在这里繁殖。

两天后，我一早到北面塘埂边的芒果树下去看它们。趁它们从南面飞走的空隙，我走到对面寻找菱叶当中的那个巢。那是由菱茎和空心莲子草茎交缠在一起形成的一个矮平的浮台，上面还没有卵。我退回北面。很快两只水雉飞回来，就在它们的巢附近活动。斜斜照射过来的晨辉温柔地铺洒在菱叶上。水雉用它雪白的头颈和羽翼强烈地反射这样的晨辉，用它黑色的胸腹、尾羽和特化的初级飞羽强烈地吸收这样的晨辉，使它的身体和线条在一片温柔的绿色中凸显出来。它的后颈在晨辉里金光熠熠，背上的覆羽也隐隐反射暗金色的光芒。雌鸟细致地梳理自己，覆羽，飞羽，一根一根，丝丝缕缕，用喙细细地捋它长长的尾羽直到末端，使那些羽枝更紧密地嵌合在一起。最后它抖动身体，使羽毛服帖，尾羽便跟着这样的抖动在身后招摇。这时，雄鸟正在巢位上俯首翘尾召唤它。雌鸟快步走过去，雄鸟离开，雌鸟站到了那个巢上。

它要在那里产卵吗？好像没有，只见它很快也走开了。不过，这一天看到它们积极地捍卫领域，驱逐每一只从巢附近路过的池鹭和黑水鸡，频繁地在巢区用同样的仪式互相召唤，或许那时它们使用的是某种我无法听到的声音，秘密电波。而这些重复的动作，大概是为了互相确认那个巢的可靠性。就这样持续到中午，天变得极晴热，云朵像结实的棉花团低低地飘浮在头顶，我回家睡了一觉，黄昏又到西面查看情况。小䴙䴘一家平安。鱼塘边的乌叶荔枝是晚熟品种，现在才变红，我偷摘几个吃。远天的积云就像巨兽搏斗，一只霸王龙掀翻一只三角龙，落日把它们的肚腹照得金黄。剧场慢慢落幕，光影渐渐暗淡下来了。

在邻村几片菱角塘之间来回跑，又度过了三天。和水雉一同承受酷暑，和小䴙䴘一家经历暴雨，和黑翅鸢一起看燃遍整片天空的晚霞。在西面菱田里活动的水雉，也开始有繁殖的迹象，但不知为何，进度却好像总不能顺利往前推进。到了26日傍晚，我又回到堂伯的菱角塘。日头已经往西面沉落，天际的积云被晕染上一层浅浅的温柔的紫色，动车仍然在高架桥上往来穿梭。暮色里，雌䴉站在靠近南面塘埂的位置，它微微压低身体，引颈召唤雄鸟。但这次不同，它没有把尾巴朝天高高翘起，而是使身体尽量放平。这时雄鸟从一旁飞来，尝试落到它的背上，原来那姿态是为了这样的缘故。但雄鸟没有踩稳，两脚滑落了下去。它走开一段距离，想再试一次，但连着两次，雌䴉总回头干扰，使它甫一飞近又旋即飞离。雌䴉仍在原地，再次召唤雄䴉，雄䴉却好像失了信心，不再响应，就像经验不足的伴侣一样。暮色更沉，对面的状况已几乎看不见，我带着疑问和期盼回家了。

第二天早上，趁它们不在，我走到对面去看。那个巢上面终于出现了一枚卵，一头大一头小，尖端朝内，钝端朝外，浅墨绿色，看起来厚实而光滑，反射着早晨的阳光。

2022年6月28日
如果就这么顺利地进行下去

雄鸟开始规律地孵卵。隔天上午，我在芒果树下守了半天，记录它们的活动，包括雄鸟孵卵和觅食的规律，夫妻一共九次凶狠地驱逐靠近的黑水鸡。回家躲过午后的酷热，热浪稍退我又骑着电单车出门，要去高架桥南面看看黑翅鸢。经过镇上中学门口，一位老师从学校里开车出来，视线被校门阻挡，没有看到从垂直方向过来的我，一脚油门就把我撞倒。我有时设想在这样的危急时刻可以怎样敏捷避险，实际发生时完全来不及反应，两眼一黑，不知道自己是以什么姿势摔倒在地。小腿腿骨剧痛，我坐在那里，半晌都缓不过来。一回神还是先担心相机有没有摔坏，如果出不了门，那些鸟怎么办？难道我又要错过今年？

万幸没有骨折。撞到我的老师就是我们村里的，他报了保险，送我去医院拍片、处理伤口，幸好只伤在皮肉。小电车送去修了，堂妹来载我回家。腿脚很快肿胀起来，疼痛持续了很久，行走艰难。破损的地方敷了药，也有一段时间洗漱不便。一个人在家里度过了煎熬的一周，走路的疼痛终于容易忍受一些。一瘸一拐地，我出门了。

稻子熟了，有人雇了收割机在田里割稻。我走到堂伯的菱角塘。水雉还在，那个巢也还在，被更多的空心莲子草包围着，有四个蛋平平安安地躺在正中，颜色比之前更偏褐色。这使我在肢体的疼痛里感到安慰，我可以继续看着它们。第二天早上再过来，有两位阿伯划着菱角船在塘里采菱。我意识到，要保住那一巢水雉，我需要跟他们打好交道。

我绕到他们前面，跟他们打招呼。阿伯问我是来做什么的，我说来看塘里的水鸟，拍照。两位阿伯中有一位更外向健谈，邀我给他俩拍照，我想那敢情好，正好可以拉近关系。趁着气氛融洽，我决定告诉他们我在守一巢水雉。当它们在另一边发出那种很有辨识度的鸣叫声时，我指给阿伯看，健谈阿伯竟然说他早就认识了（菱农认识水雉本来不是奇怪的事，但事实上很多菱农没有观察也没有辨认过这些鸟），他在别处摘菱角的时候，也有人去拍这样的鸟。我嘱咐他们摘到那边去的时候，看到那个巢就不要动它，阿伯说好。没多久他们从塘里上来吃粥休息，我把身上带着的烟塞给他们，就像6月我在西面的菱角塘贿赂那几位阿伯一样，没有别的直接有效的办法，我选择了这种手段。几天后的早上我又过来，两位阿伯正好从塘里上来吃粥。看到我来，他们告诉我，刚刚已经看到那个巢了，有四个蛋。这使我安心了一些。只是接下来他们还要在靠近巢的区域采上三天，孵卵的雄雉一直处在很大的干扰压力之下，但这就是它们生活的常态。

高架桥南面，阿伯老两口经营的菱角塘里，有一对水雉终于在S1塘产下两枚卵。我也央他们留着那个巢不要损毁，他们应允了。我和他们之间的关系一直比较融洽。因为总来这里，有时候我也给阿伯塞两包烟，或者过来的时候给他们捎上半个西瓜。他们看我辛苦，会常劝我换个工作，下午煮了绿豆汤会喊我一声，有时我待到很晚，他们也会问我要不要吃了饭再走。所以当他们应允我不损毁鸟巢，我也就相信他们可以配合。然而在这边也遇到同样的问题。因为这个夏季的气候菱角也难适应，结实率低，如果雇工来采的话，菱角卖得的钱几乎要抵不上工钱。于是老两口不雇工了，自己每天在塘里采菱。在水雉巢的附近，老两口划着小船一来一回，持续采摘好多天，雄雉不得不频繁地离开巢，鸟卵因此常常长时间暴露在烈日之下。人和鸟的困境紧紧相连。

我怀着担忧，一日日轮守各处，体能早已透支，身上的伤口也一直不能愈合。直到7月13日，这天我又在菱角塘待到很晚。一轮金色的圆月从东面升上来，原来这一天是农历十五。夜色里我骑车回家，我想，我得休息两天。

两天后，所有的水雉蛋都不见了。两个巢，六个蛋，不知去向。

2022年7月31日
是很多个黄昏的样貌

怎么会恰好就在我休息的期间消失呢？是因为争斗，还是被捕食，还是其他的什么？是它们自己搬去了其他地方吗？可是四处搜寻了很久还是没有下落。如果是遭遇意外，它们会重新开始吗？守了很多天，来来去去的水雉好像也没有办法重新安定下来，只是反复迁移。更糟糕的是，周边大范围的菱角到了这个时候生长不好，很多已经被舍弃了，就像西面小鹬鹬出生的N1塘，现在已经在往外排水。在等待和努力了这么久之后，尤其是那一巢四个卵已经孵了两周多，我原本可以期待看到新的水雉降生，现在都落空了。虽然这可能只是自然中会随机发生的意外，真实缘由无从追查，只有一个空落落的大大的问号，但这一切还是令我十分懊恼，只能责怪自己，为什么就要休息那两天？

我陷入一种伤心。只是黑翅鸢仍然在桉树上坚持着，因而我也仍然坚持着。但当待在那道塘埂上，和黑翅鸢一同经受无常的风雨、忍耐持久的夏日的煎熬时，想到水雉以及种种具体的艰难的生活，我就陷入一种伤心。当黑翅鸢终于熬到第三次孵化的尾声，热带低压登陆广东，连续的风雨使那个巢再度倾垮。沮丧和疲惫已经令我不堪重负。

许多次在沉沉的暮色里从菱角塘回家，我会感到一种从未有过的具体。是很多个夏日黄昏的样貌。好像从未看过这么多的落日，这样熟悉它的轮廓，知晓它的光线如何照耀在眼前的事物上，而什么样的云层会被它点燃。晚风里香蕉树叶哗啦啦地响，菱角塘里蛙声阵阵，摇蚊在头顶盘旋，蝙蝠穿行，小白腰雨燕啾啾飞鸣，鹭鸟在榕树上吵囔，这些是这片乡土的具体。在这知觉之上，感激与哀伤在内心一层一层地交织在一起，有时让我不知如何是好。仰望鸟儿飞行，仍会觉得天空有我们难以抵达的自由和广阔，但我再也不会认为任何一只鸟儿的生存仅仅是自由和应该被羡慕的。不是，那里充满了压力、焦虑和艰难险阻，尤其在当下，或许未来更甚；在这之中，一些困境本就来自人类，而一些困境同样也是人类的困境。当下一个夏季到来之时，我又要做些什么？

2023年5月24日
它们再次到来，就在我眼前

5月再次到来。我疲于在小白腰雨燕、棕背伯劳、褐翅鸦鹃、赤红山椒鸟之间转场，而水雉再次到来。我还要去守着它们吗？那漫长的夏日的艰辛，那种焦虑和疲倦，还要再来一次吗？

我充满畏惧。

去年夏季在那片菱角塘做了那么多努力之后，我以为或多或少地，他们的某些行为会改变，然而没有。秋天，他们在N1塘里种番茄，为了防止鸟儿啄番茄，在每道垄沟里都竖起长长的粘网。冬天我去看，每张粘网上隔几步就有一具鸟的尸体，有的是秋天从遥远之地迁徙过来越冬的候鸟。看着它们丧生在这些鸟网上，想到它们踏上迁徙之旅时的期盼，我就无法忍受。然而，对这样的状况，在这里好像不存在什么有效的解决方案，即使后来我因为看到粘网上挂着两只红喉歌鸲，再也不能忍受，愤而联系本地电视台做了一期节目，结果还是没有改变什么。到了这一年4月，塘里又开始种菱角。最初那位答应我留下那个小䴉䴉巢后来又食言的阿伯，竟然开始在新的小䴉䴉巢上放兽夹，他要以这样的方式把小䴉䴉从菱角塘里彻底清除。这使我感到愤怒和失望，愤怒于那顽固不化的存在，也愤怒于自己没有带来改变。那天我蹚到塘里把那只小䴉䴉解救下来，无法判断它脚的伤势有多严重。我把它放回到塘里，它一溜烟就潜走了。我想，我再也不要在这里费劲了。

可是水雉再次到来，就在我眼前。我无法看着它们在身边而置之不理，想到它们可能遭受小䴉䴉遭受的那些伤害，于是我又重新坐在菱角塘边，远远地望着它们。

2023年6月26日
水雉在雨里会想什么呢？

虽然按照节律，端午前后就是多雨天气，是所谓的"龙舟水"，但这一整个6月几乎每天都在下雨。不知为何，菱角价格一直走低，从塘里出水的收购价只有一块钱出头。对于塘主来说，除去阿伯们的工钱，根本没什么赚头，有时便有些情绪。无论如何，菱角还是要继续采。周边村子为龙舟比赛进行练习的锣鼓声每天都会传过来。在这样的锣鼓声里，水雉的生存挑战又在菱角塘里展开了。

6月中旬，在高架桥南面的S1塘里，我终于看到完整的水雉交配仪式。这次雄鸟终于成功地踩在雌鸟背上，它振动双翅，给自己提供移动的力，脚趾往前移动到雌鸟更宽阔的上背部，接着附跖向后，扣在雌鸟下背部的两侧，降低重心，令自己更稳当地停留在雌鸟背上。此时雌鸟引颈左右摇摆，随之慢慢将尾部高高翘起，雄鸟则向身前扇动翅膀，使上身仰起，尾部下压，雌鸟更强烈地弓身迎合，尾部几乎笔直指向天空，终于它们紧紧地交合在一起。维持那个姿势数秒钟后，云收雨歇，雄鸟飞离。

交配之后，雌雉很快在这个塘里产卵。我找到了那个巢，拜托阿伯帮我把红外摄像机固定在巢的一侧，这样摄像机可以记录下巢区附近发生的所有状况，我可以远程关注它的动态，减轻一部分工作负担。但有一天，巢里的卵就在镜头前再次消失了。我翻遍所有记录文件，都追溯不到到底发生了什么，这又变成另一个谜团。我把精力主要放到西面那片菱角塘。

一对水雉早早选择N1塘作为繁殖领域。6月初，雌鸟就开始在塘中间的巢位上产卵，而雄鸟就此开始孵卵的工作。很多天我在塘埂上守着它，看着它在雨里紧紧地抱住那几枚卵，或者烈日下蹲在那儿给卵遮阴，记录它孵卵的节律、遭遇的各种状况和它的应对方式。在这样变幻无常的天气里，一旦它受到干扰不得不离开那个巢，任雨打着卵，日头晒着卵，就很容易看出它的焦灼。在气温越来越高、风雨越来越烈的夏季，和一只水雉一同待在这样的焦灼里，它便不再只是一种适于观赏的鸟，我们一同被笼罩在某种巨大的事物之下，我们的命运休戚相关。

　　阿伯们转场到这个塘里采菱的这一天，一样一大早就开始下雨。水雉顺利坚持到了孵化的最后一周。按照阿伯们正常的采菱速度，在雏鸟破壳之前，他们不会移动到巢的位置，大概率也不会有其他的事务，这使我稍稍放心了一点。但我还是跟他们打了招呼，指明巢的方位，叮嘱如果遇到了千万不要损坏。这段时间没少给他们送烟套近乎，其中就有那位放兽夹的阿伯，另一位阿伯平时对我比较友善，也更愿意配合我。他们在一块儿干活，实际上会相互监督和牵制，这使我不至于因为那种不信任而过于焦虑。雨停了一会儿，眼看马上又要下起来，我走到东面雨棚下避雨。我架起单筒望远镜，远远地望着在塘中间孵卵的水雉，和另一边穿着雨衣摘菱的阿伯。雨大起来，天地间白茫茫一片。

雄水雉伏低身体，承受着雨水的击打。雨滴在它背上凝聚成更大的水滴，然后滑落。灰蓝色喙尖也悬着一滴，它慢慢变得更大更重，直到终于在那里悬挂不住而滴落。有时雄水雉也抖动一下身体，让背上积聚的雨水淌下。在这样的雨里它会想什么呢？在炽烈的太阳下又会想什么呢？什么会使它感到更难忍受？我常常在心里冒出这样的问题。

两位阿伯在雨里埋头摘菱角。过了一会儿，前头的阿伯往回划，从后头阿伯手里接过烟，两个人在雨里抽了起来。雨里的烟雾洁白而凝聚，透着暖意，他们需要那一点抚慰和片刻的休息吧。在这样的雨里，人的心里想的又是什么？抽完那根烟，两人又继续摘。这样的雨天也好，烈日当头的晴天也好，人和鸟都辛苦地活着。而我心里积聚已久的责怨，好像隔着这样的雨，稍稍消解了些许。

在同样落着这样的雨的一天，新的水雉出生了。

2023年7月2日
在小小的几亩菱角塘里，在这样的南方的六七月

雨又下起来，天地间纷纷扬扬。脚架上都是水，套在镜头外面的防水布也湿透了。我把单筒望远镜和脚架带到小屋顶部的雨棚下，稍微擦了一下，继续关注菱角塘中间那只雄鸟的动静。按照正常的孵化期计算，时间差不多了。

突然它叼走一个什么。小小的扇形，反射着白光，是贝类吗？应该不是。它飞往远处，马上飞回，又低头叼起一个。这次看清了，那就是一个蛋壳，几乎是完整的，就像没有雏鸟从中破壳而出一样，接近巧克力颜色的一个蛋壳。它叼起那个蛋壳，飞往远处丢弃，旋即回到巢上，抱住了底下的事物。

没多久雨停了，天亮起来。阿伯们吃完了粥，回到塘里。两艘菱角船终于划到离巢比较近的位置，雄鸟起身离开。这时透过望远镜我才看到，在那个巢上，一个水雉宝宝独自站在一旁，身上的绒毛已经变得干燥蓬松；在它的旁边，还有另一个宝宝。阳光猛烈。虽然阿伯们还在巢附近，雄鸟仍然一步一步地往巢的方向移动，它要回去给它的孩子遮阴。

等雄鸟再次从巢上离开的时候，巢里现出三个小小的毛团子，三只小小的水雉。

在这样的菱角塘里，在这样的南方的六七月，需要拥有多少幸运，付出多少努力，才能让这样崭新的美好的生命诞生？但生命的美好又跟生命的残酷如影随形，就像这一巢本来还应该有老四，我明明看到在三只小水雉之外，那个巢里还有一个小小的湿漉漉的身体，然而最后它没有站起来。过了不到两周，在我没看着的时间里，仍然不知道遭受了什么意外,就只剩下两只小水雉了。

新生命的诞生让我在经历了那些挫折之后,终于得到了安慰。我想我的情感来自这一点——当我看着它们,我感到美的事物生长了。这一天下午,三个孩子已经开始跟在爸爸屁股后面,学习怎么在这塘菱叶上生存。使用长长的脚趾在菱叶之间行走,看起来对它们似乎完全没有难度。从出生第一天开始就可以自己在菱叶上觅食的雏鸟,到底在啄食些什么?我很想知道这其中有几分是本能,有几分来自对亲鸟的观察和学习。晴雨不定的天气,爸爸每隔一小会儿就要把孩子们抱在自己的翅膀下,保护它们不被晒伤或者不在雨里失温。它找一个合适的地方蹲下来,或许发出了特有的鸣声,雏鸟回到它的身边,钻进它的两边羽翼之下。在不知要多久才会停下的雨里,雄鸟就这样抱着它的孩子,在雨滴的泼打里默默地承受和等待。

除了天气,要面对的威胁还很多。人类,食肉鸟类(包括鹭鸟)的捕食,潜伏在水里的蛇和乌鳢,来自岸上的黄鼬、野猫甚至老鼠。一旦出现威胁,雄鸟会发出警戒的信号,叫幼鸟保持原地不动或者就近躲藏,而它会视威胁的来源选择攻击或者拟伤。就像之前常常看到它们驱逐巢区的黑水鸡一样,一旦在附近活动的水鸟靠近幼鸟活动的范围,雄鸟都会把它们赶走。如果有人靠近,它会飞离幼鸟,在菱叶上扑打双翅假装受伤,吸引注意力。直到人走开，警戒解除，幼鸟收到信号，才会从躲藏的位置冒出来。幼鸟稍长大一些之后，雄鸟带着它们，更多地在靠近边岸的地带活动，因为这里杂草更多更茂密，莲子草和稗草从水里高高挺立出来，更适宜躲藏，然而来自岸上的威胁也更大了。

2023年7月22日
准备好了吗？成为一只水雉？成为一个单亲爸爸？

在N1塘的小水雉诞生的时候，M1塘里也有一只雄鸟在塘中孵着四枚蛋。很多时候，我两头顾着。N1塘的菱角从头采到尾，大概需要两周，我想着短时间内他们不会到另一个塘里去，在反复确认了最近他们不会到那头施肥或喷药之后，我做了一个错误的决定，没有告诉他们那里有个巢。

有一天，上午我过去的时候，雄鸟还好好地孵着卵；下午再看，雄鸟不在了，又一次，四个卵也消失了。

我十分困惑。又发生了什么？为什么每一次都在我离开的空隙发生，而每一次都无迹可寻？但这次我发现，菱角塘里有船划过的痕迹，而这道痕迹刚好就从巢旁边经过——一定是有人从塘里划船过去，发现了那个巢，然后发生了什么，我这样推断。第二天早上过去，在我的再三追问之下，那位放兽夹的阿伯终于说出来，是他把几个鸟卵拿走的。他说没有带走，就放在小屋门口。

我很想讲脏话，但憋在心里没有骂出来。在我说了那么多、做了那么多之后，在我就在这里和他度过了这么长时间之后，他还是做了这样的事。我出离愤怒。

小屋门口的铁盒内躺着四枚水雉卵，一个已经破裂。它们昨天下午被偷走，在这里过了一晚上。夜里的温度比孵卵的温度低很多，断孵了一夜，现在是什么状况呢？还能继续孵下去吗？应该怎么孵呢？所有的问题在脑子里膨胀起来，却没有答案。

好像谁也没有答案。

有人建议把卵放回原来的巢里，试试看雄鸟会不会回来孵。可是一来那只雄鸟已经飞离，即使我把卵放回去，怎么召唤它回来？如果等待的时间太久，卵断孵的时间更长，存活的几率就更低。二来如果它竟然真的回来了，卵实际上已经存在损伤，雏鸟即使孵出来也不容易成活，那是不是浪费了它宝贵的繁殖期呢？

好像也没有答案。水雉的卵壳很厚，强光手电也无法照出内部的状况。

如果我把它们带回家，我要怎么办呢？

在一切问题里，我找不到任何有效的指引。我无比希望这个时候有人坚定地说服我选择某一个方案，但是没有，没有人能真的帮上忙。内心茫然而煎熬。

我把它们带回了家。因为水雉是国家二级保护动物，我打电话给林业局报备，讲明这儿发生的情况，得到可以尝试自己处理的授权。找出来之前为了救黑翅鸢的卵买的保温灯，给它们保温、保湿、翻转，然后等待。没有任何可供判断的依据，我不知道这些动作是否只是徒劳。而如果无从判断，我又能再做些什么？

假如竟然可以孵出来，我该怎么养它呢？这样的一种鸟。

我也没有答案。

巨大的焦虑。

好像谁也没有答案。

直到两周过去，一只雏鸟从蛋壳里往外啄开小小的缺口。

天啊。我准备好了吗？

成为一只水雉？成为一个水雉爸爸？

我设想我把它养大的方式，设想它变成美丽的雉鸟会是什么情景。爆炸的情感和爆炸的焦虑。接下来我该做什么？

我像一个茫然的无助的新手爸爸，在得不到指引的时候，在焦虑的控制下去做一切很可能愚蠢且严重错误的事情。我甚至想需不需要买一个充气泳池，养一池菱角，以使它可以在上面生活。但在那之前,我从姑姑家要来一个给小孩洗澡的大红盆,我想先这样试一下——如果雏鸟一出生就可以自主觅食的话,这样是不是也可以?但我忘记了,在菱角之上,没有一只真正的水雉可以带领它活动。我就这么做下去,给水盆垫上遮阳网,以使它的颜色不那么鲜艳,装满水,趁着夜色去偷菱角,捞大藻、浮萍,拔塘边的水草,一点一点地,自以为是地,觉得自己创造了一个脸盆大小的菱角塘,期望这可能是可行的。在它把那个蛋壳的缺口啄得更开的时候,我用手边胡乱拼凑的材料,给它缝了一只假水雉,有金黄色的后颈,白色的身体和黑色的长尾。我想,我只能做这些了。那个小生命从蛋壳里发出细细的生命的声响,它把那个裂缝啄得更大了。我想,我要先睡一会儿。

隔天早上6点,它终于啄破蛋壳出来了,躺在另一个蛋旁边,绒毛湿湿地贴在身上,看起来那么幼小脆弱,像只要一阵风就可以使之凋零的秋叶。我看着它,看着它,胸腔里有满涨的事物,可是无从使用话语疏解,没有人能缓解我此刻的焦虑。接下来做什么才是对的,才可以使它活下来?

它的羽毛过了很久都贴在身上。我决定给它擦洗,等那些绒毛干燥蓬松起来,它才看起来没有那么瘦弱。可它不能开口进食,渐渐使我否定每一种方案,或许只是我全然没有做对什么。我只能手足无措地,看着它生存的机会一点一点流逝。最后,我把它放在给它缝的那只水雉身边。它刚开始还能鸣叫着挣扎几下,然后那声音慢慢停了下来,它的生命也慢慢溜走了。

等我再看它的时候,它已经闭上了眼睛,不再有声响。我把它放在手心,翻过来看看它的肚子,蓬松的洁白的绒毛。如果它长大,会变成怎样美丽的一只鸟。我想跟它说对不起。对不起。

没有时间伤心,或者说,我逃避沉落到伤心里。我又回到菱角塘,守着那些侥幸和不侥幸的鸟。在那些卵被偷走之后,过了两周,它们回到那里,再次产下四枚卵。我再三跟那位阿伯强调,绝对不要再干一次了。

但菱角的生长每况愈下。到了7月底,N1塘先被放弃了。30日下午我到那边去,发现塘里的水都被抽干了,菱角躺在塘底,我终于可以像一只水雉一样,行走在这些菱叶上面。碧绿的、美丽的、挤挤挨挨的菱角。

鹭鸟和八哥在塘里觅食,被我惊扰,呼啦一下飞走。我走到塘中间,百感交集。一根白鹭的羽毛落在菱角上,我把它捡起来。美丽的羽毛。

仅剩的两只幼鸟,跟着亲鸟越过塘埂,迁移到隔壁的N2塘。N2面积很小,四四方方,临着小屋,人来来去去,干扰很大。而且黑水鸡先占着这里了。虽然空间逼仄而紧张，无论如何，它们总还是能在塘里继续活下来。

2023年8月16日
很抱歉让你们降生在这样的塘底

在经过那次事件后，在M1塘重新开始孵卵的水雉，总算不用时刻担心突然被人毁掉一切。但从7月到8月，气温越来越高。为了不使卵过热，雄鸟每次只能用很短的时间觅食，然后就要赶回那个巢遮住烈日。我常常感到那脚步的焦急，那一定不只因为我把自我的焦虑投射在它的身上。在这样的日头下，人类终于后退了。在菱叶上无所遮挡的水雉，虽然终于可以从人类的干扰中喘息片刻，却不得不时刻关注着头顶的云朵如何移动。是的，我觉得它做到了这样的程度，当一朵云即将暂时遮挡烈日而还未遮挡到时，它就会赶紧起身觅食；而当那朵云很快就从太阳底下飘走，阳光追杀过来，它就会赶回那个巢，蹲在那里，等待下一朵云。大概就是这样的缘故，在头两年看到的那些水雉雄鸟，都是消瘦、潦草的模样。

就这样坚持到8月中旬。水雉还在坚持，我也在坚持，但塘主放弃了菱角。

抽水机已经突突突地运转了一天，我还没有意识到这塘菱角已经被放弃了，在心里盘算着下一次采菱的日子，好提前做好计划，什么时候要对周围的活动盯得更紧一点，什么时候它们该孵出来了。听到还有两三天就能把水抽干，我心里一下子绷紧了，却没有开口阻止，试着让农户把排水的时间推迟。如果没有意外的话，再过三四天，塘里的那巢水雉就能孵出来。但我想，开口要他推迟几天，是合适的、能被接受的吗？这段时间里看到农事的艰辛，看到气候越来越难以捉摸而令一切都难以适应，如果让他推迟，会不会真的耽误了他接下来的农事安排，而让他在这菱角的挫折之外承受更多的不顺利？而假如这样，他是不是会把这样的责任归咎在我身上？我预判即使开口他也不会答应，在这样的思虑里，只是默默祈祷多下几阵雨，好让塘底不至于那么快干枯，如果水雉出生，可以多一丝丝生存的机会。

　　菱角再次沉到塘底，这样的情景我已经很熟悉了。四枚卵也沉到了塘底，还在那个位置，雄鸟没有放弃，仍然在孵卵和觅食之间来回奔跑。雨如祈祷的那样一阵一阵地下，使得塘底始终没有真正干透，菱角也没有很快被晒干，但都腐烂得很厉害，只靠这一点湿润不能维持多久，一旦放晴，很快就会枯朽。只有靠近边岸的低洼区域能积起一点水，支撑一些菱角在其中勉力活下来。如果雏鸟降生，我不知道它们能不能在这样的塘底生存，内心那根线又来到绷断的边缘。只有当下过一阵雨，水洼的水位得以维持，不至于那么快干涸时，才感到可以稍微松一口气。到了8月15日傍晚，趁雄鸟孵完卵去觅食，我走到塘底去看，发现几只雏鸟已经在蛋壳的钝端啄开了小小的缺口，可能明天就能破壳而出。小小的美丽的生命在铜褐色的蛋壳里发出细细的鸣声。我把它们放在手心，感到无形的细线一头系在它们身上，一头连接着我的心脏。啊，这一次，我又可以为你们做些什么呢？

第二天一早我赶过去，发现在菱角塘边停着几辆熟悉的摩托车，心里咯噔一声，拔腿就往那个菱角塘飞奔，心里大喊着千万不要！千万不要已经发生了悲剧！这几辆是我们村那几位阿姨的。之前N1塘里的菱角被晒干了之后，塘主雇她们过来收拾，把菱角耙成堆烧掉，后来又雇她们过来种番茄，所以我都认识。现在过来，该不会是过来收拾那个菱角塘的？我三步并作两步冲到那边去，看到她们果然就在M1塘底，各拎着一个桶，来捡塘底的菱角。我又赶紧看了一眼，万幸她们还没有踩到水雉卵所在的位置。但她们已经离得很近了，这使雄鸟不敢回巢孵卵，只能在远处觅食。

我跟阿姨们打招呼，说我在这儿守着这巢小鸟，把位置指给她们看，说麻烦你们留神，千万不要踩到。蹚到塘底检查，发现其中一只雏鸟已经破壳而出，躺在蛋壳旁边，湿漉漉的，绒毛紧紧地贴在身上。那双大脚现在看起来还很细弱,可是才一会儿,它已经可以颤颤巍巍地站起来。

这是我第二次触摸一只水雉的雏鸟,它看起来很健康。是这样美丽的生命,降生在这样的淤泥上,我感到愧疚。

我折了几根树枝插在周围,再次嘱咐阿姨们注意,她们都说没有问题。但有问题,她们实在离那个位置太近了,亲鸟一直不敢回来。我踌躇了一下,开口喊她们往外退一些,阿姨们便稍微退了一些。我到水洼里抱起一怀菱角,围在卵和雏鸟的周围,想着一旦太阳更猛,有一些菱角在旁边,至少温度不会上升得太快,而雏鸟出生后也有处可躲。弄完后我往外走,雄鸟很快回到巢里,低低鸣叫两声,趴在它的卵和幼雏身上。

阿姨们舍不得塘里的菱角,总是挪着挪着就挪到巢附近,使雄鸟一次次从那里离开。我看得心焦,忍不住催她们往边上移动。她们嘴里应着,脚下却没有反应,仍只顾埋头捡菱。在这样的天气里,没有了雄鸟的保护,雏鸟们会很危险。我不得不连催了两三回,才终于使她们都往远处走了一段。等到各自又捡满一桶,她们才心满意足地回家了。

还能再为它们做点什么?我去小屋里拿了锄头,在雄鸟孵完卵起身后,围着那个巢周围掘出一道沟。从水洼里搬了几趟菱角,铺进沟里。天暗着,很快就会下雨,我想

143

着，到时候这道沟里就能有水，菱角能活一阵，至少雏鸟能有这样一点点地方活动、觅食和躲避。

　　午后果然下了大雨。雨停了我再去看，第二只雏鸟已经破壳，身上的羽毛也晾干了。亲鸟飞到一旁觅食，两只雏鸟已经可以自己走动。我又拿了锄头，蹚着塘泥过去，把围着窝的沟往外再拓宽一些，再次一趟一趟地抱了菱角填进去，铺出一层至少现在还是碧绿的菱叶。忙完这些，浑身已经汗透。不知道这样做有没有用，希望能使它们的处境好一点点，一点点就可以。

　　雄鸟回到巢里。傍晚雷声隆隆，积云酝酿着又一场雨。我再次祈祷雨能落下来，大一点也可以，那道沟的水能满起来一点点，水洼的水能多一点点，那些菱角能多维持几天，那就好了。

　　第二天，老三、老四也顺利出生了。

2023年8月20日
一天一天地活下来

　　是依靠一天一天的落雨，塘里的水洼总能维持那一点水位，有时还能稍微涨高些许，于是里面的菱角活了下来，支撑着水雉一家，一天一天地活下来，像是从某种事物的手上，一天一天地争抢生命。看着雄鸟带着四个孩子在这样的塘底生存，我总是感到内心震颤。一天一天地活下去。但塘里的威胁也越来越多。八哥总是成群到塘底活动，吵吵闹闹，池鹭和黄苇鸦也来抢夺这一点点的生存空间，它们的长嘴本身就是威胁。最令我担忧的是，附近的流浪猫也会进入塘里，暗暗觊觎着什么。水雉就这样步步为营地活下去。

我考虑过，要不要想办法把它们迁移到仅剩的还养着菱角的N2塘里。但N2已经十分逼仄，黑水鸡、黄苇鸦和从N1迁移过来的成鸟和幼鸟已经经常打架，又有人活动，冲突太多，也不能确定这样的操作能不能成功，最终没有这样做。

这样过了十天。这一天我在塘边观察了很久，突然意识到从望远镜里望见的那只是雌鸟，而雄鸟和孩子们不知所终。

我一下子慌了，内心有些崩溃。定了定神，发现原来雄鸟带着幼鸟，和之前N1塘里的水雉一样，迁移到了小屋旁边的N2塘。但观察了好一会儿，我才确认跟随着雄鸟的只剩下两只幼鸟，另外两只不知所终，心里又难受起来。在一片狼藉的M1塘底，我茫然地转了一圈又一圈，试图找到失踪的两只幼鸟的踪迹，可是一无所获。在它们待了好几天的位置，仅剩的菱角已经沉到了淤泥上，每天远远地望着它们在这里勉力生存的那段日子在我心里翻腾。又是这样,在我不在的时候,不知道发生了什么,使雄鸟决定踏上这段危险的迁徙路途。路上它们遭遇了什么?两只幼鸟遇到的是什么样的灾难?

我没有办法使时间倒流,阻止灾厄发生。只能祈祷,希望幸存下来的,可以继续活下去。

后记

那一天,在我身上累积的整个夏季的疲惫感已经令我感到无法负荷,我决定结束这一次漫长的观察工作。一个月后,我再过去查看时,仅剩的这口菱角塘也放干水了。空荡荡的塘底只剩下干枯的菱角,黑水鸡不见了,黄苇鳽不见了,水雉也不见了。更令我难以接受的,是西北角竖着的一大面粘网。一只白鹭挂在那面粘网下缘,远远看去就像它只是站在那里,但它其实已经死去多时。粘网上还有一只黑翅长脚鹬、一只池鹭,后者被倒挂在半空,仍然睁着眼睛看我。我无法理解,在这个空空的菱角塘边,他们架这面网的目的是什么?又不禁回想,这口塘放干水的时候,两只幼鸟多大了?它们怎么离开这里?可以去哪里生活,在失去了周围所有的菱角之后?我又一次呆立在塘边,无助地揣测水雉再度遇到的艰困。我走到塘底,试图找到什么踪迹,又恐惧发现幼小水雉的尸骸。但也再次一无所获。空落落的，都结束了。我站在塘底，感到自己就像一只水雉一样，身心艰困。

我离开了那里。深切的感动和深切的焦虑、无助和伤痛，在我内心一层一层地叠压成巨大而厚重的事物，变得难以面对也难以叙述。我唯有将它封存。

直到冬季，为了寻找越冬的红喉歌鸲，我才重新走到这里。但出现在我面前的，是更多的鸟网。菱角被清理掉后，这里很快种上了番茄，变成一片番茄园。成熟的番茄呈现诱人的红色，吸引周围的鸟儿过来啄食，为此农户在田里竖起了一面又一面又长又高的鸟网，立于垄与垄之间，也从四周把整片田围起来。在我面前的网上，就挂着两只我正在寻找的、却早已失去生命的红喉歌鸲。鹨、文鸟、八哥、乌鸫、斑鸠……还有一只美丽的扇尾沙锥，挂在这些粘网上，有的粘网上缠住的鸟被野猫扯下来吃掉了，在那个位置留下一片片凌乱的羽毛。我看着那两只红喉歌鸲，想到它们从遥远的繁殖地飞来的几千里旅途，想到此处的荒野和远方的荒野同时失去的从那鲜红花朵一样的喉里唱出的歌，内心再次深深地疼痛。这几个季节我在这里做的事情，并不能带来一点改变，是吗？

我拍照留证，打了市长热线电话举报。联系地方电视台，带着记者和摄影师拍摄了周边田园里的鸟网，这些内容在新闻栏目播出了。然而在这之后，除了我亲手拆掉的那些，田野里还是四处支着鸟网，新的或者旧的，继续在田野之中张开巨口，吞下一只又一只鸟儿。

我怀疑这行动的价值，无法再迈向这些田野。2024年夏天，我不再去菱角塘，不再等待水雉到来。

又到了冬天。为了观察在水域附近活动的家燕，我鼓起勇气，再次踏上菱角塘的塘埂。塘里没有了番茄，却种上了一排一排的番石榴，都还是只有小腿高的幼树，远未长到有果实需要捍卫的阶段。一时间我分不清内心到底是感到解脱还是什么。如果这些幼树顺利立足于此，未来很多年，这几口塘里都不会再有菱角，也就不会再有水雉，我也不再需要在这里进行艰难的对抗。西面的塘里，阿伯也决定不种菱角而改养鱼苗，因为不愿意承受那整个夏日的艰辛却换来最终的亏损。但我知道仍然会有水雉飞来，或许在找不到碧绿的菱角时转身飞往别处，找到一片可供立足的水田，而那些水田又能存续多久呢？当菱农渐渐老去，当气候的变化令菱角的生产越来越难以为继，当一片片菱田变成旱田，水雉还可以飞去哪里？

2023年秋天，由BBC出品的《地球脉动》第三季在流媒体上播出，其中有一个片段讲述了非洲雉鸻的故事。非洲雉鸻分布于非洲中南部，和水雉同属于水雉科，虽然两者形貌不同，生活习性却十分相似。这套纪录片维持了一贯的质量，对非洲雉鸻的生活做了极美的呈现。美丽的水生植物、夏日盛放的睡莲、雏鸟降生的动人画面、晨昏斜斜照射过来的光线沿着它们身体的轮廓描出的毛茸茸金边……画面里在浮叶上颤颤巍巍站立起来的雏鸟，就像曾在我面前站立起来的雏鸟一样，这令我感激，因为这些生命的情景于我来说如此熟悉，仿佛这就是我的讲述、我的水雉的故事，那种美丽和隐藏在美丽之中的脆弱紧紧抓住了我的心脏。镜头在不同的视角之间切换，离得如此之近，看得这样清晰，这是我在过去几年里未能做到的。无论故事发生在碧绿的菱角里，还是在枯萎的菱角里，大部分时候，我只能远远地从塘埂上守望。新生的雏鸟在浮叶之上到底啄食些什么，我也终于能够看见一点。但或许也是因为这份独有的情感和期待，我同时又感到，它讲述了一个过于简单的故事，非洲雉鸻的幼鸟在一条鳄鱼的追杀下逃生，结局有惊无险，happy ending。不，我想，这远远不足以告诉别人，非洲雉鸻是什么，或者水雉是什么，在那些浮叶之上的生活要面对的除了一条鳄鱼还有什么。我要讲述一个更完整的故事。

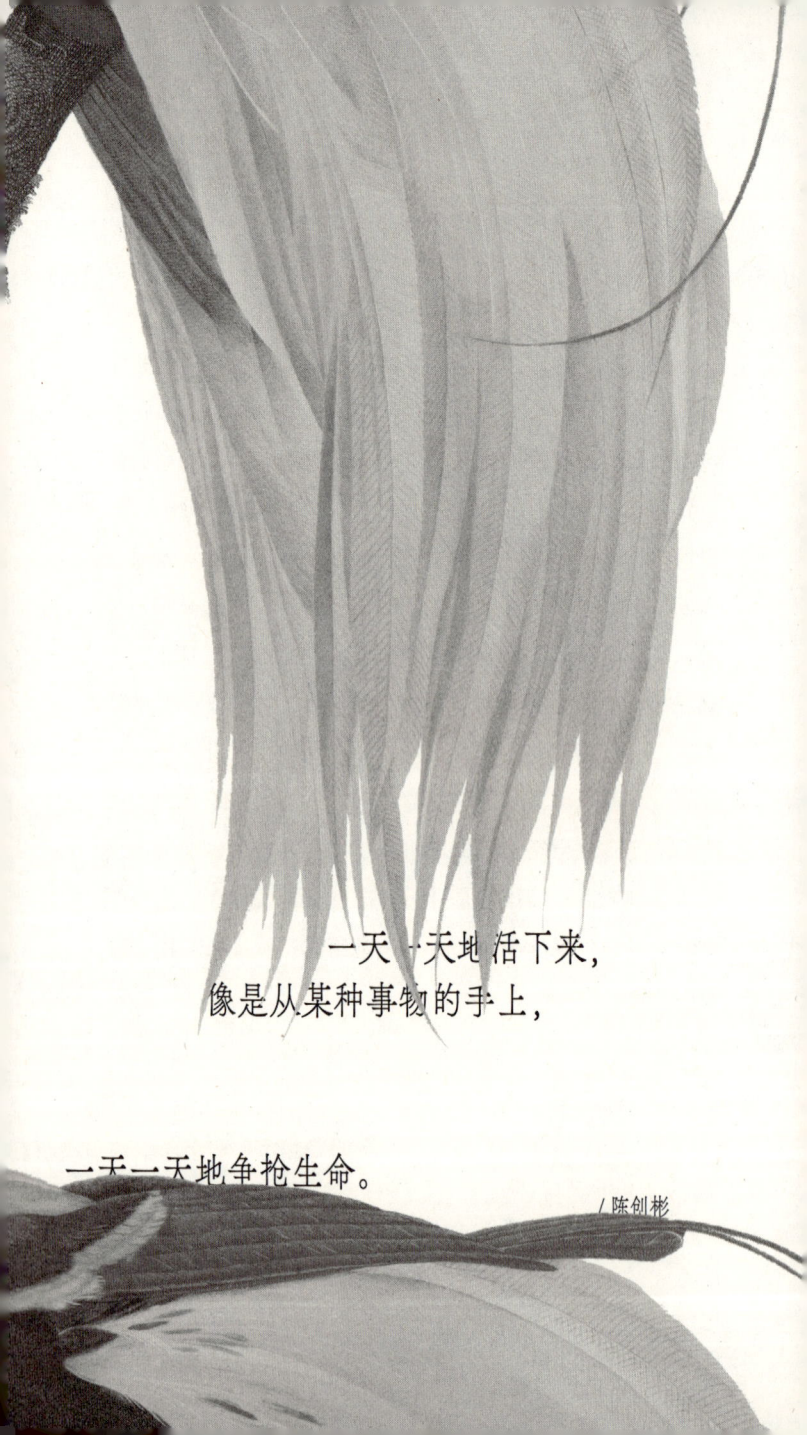

一天一天地活下来,
像是从某种事物的手上,

一天一天地争抢生命。

/陈创彬

我的伊林深水潭

撰文　欧阳婷

正如与人的相处，时间久了会有深重的情感，对于这片湿地，我也是因为频繁到访，而越来越觉得它珍贵。

我在文字里总是隐去其具体的地名，稍稍陌生化我所写的地方，仿佛自己每次外出观察都是在一片新鲜之地。事实上，在城市里看鸟和植物，无非就是几个园林。野地难寻，我是个无可奈何的公园游荡者，我的自然观察大多数都是在这样人工的、有限的环境里进行的——然而，即便如此，即便是这样的环境，也教给我许多，我对鸟儿生活和习性的理解，在慢慢地累积加深。我一步步地走向鸟儿。

与迁徙季里到处寻找稀奇的鸟相比，我似乎更习惯于在熟悉的地方，像看着熟悉的树一样，看着常出现在这里的鸟儿，许多细腻的瞬间便是这样看到的。我通过鸟的鸣声辨识它们，也书写过它们的歌唱，但是在这里观察过乌鸫、戴胜育雏，看过它们艰辛地繁殖和养育后代，看到雏鸟的生命几乎由昆虫铸就，才算真正走近了一些它们的生活。我也写过大杜鹃，但仍然感到观察不足，看过尼克·戴维斯（Nick Davies）的经典著作《大杜鹃：大自然里的骗子》之后，受着鸟类学家的引导，接连几年夏天我都在炎热的午后到这里，也试着验证大杜鹃许多行为的目的，直至看到东方大苇莺是如何喂养寄生的大杜鹃幼鸟的，才感到在道路上前进了一步。不用说还有雨天、雪后、黄昏、积云、晚霞……我见证着这里的四季变化。

现在我要说的是冬季。或许我该庆幸自己还有欣赏这样的冬天的能力，一年一年，每一次出去，还是这么贪婪地想把眼之所见的细节全都收存下来。

日常及变化

这是我所喜欢的冬天的面向，随便远望哪里，淡灰浅褐的树冠都像一段段河流，只不过是无水之河，在半空中。北方的冬天是由树的线条构成的，近看树与树又团绕环簇在一起，像一个个偎依着的大鸟巢。我并不怕过冬天，每个季节都有值得期待的地方。正因为世界变得简洁，在此种单调匮乏之中，对目光投向之处，似乎更加饶有兴味。

在园林还未开始一场彻底的冬日大清理之前，在凋萎飘落的树叶、断枝还没有被洗劫一空时，在这里暂时还能看到些许野外该有的样子。高过人的枯黄芦苇在风中互相碰触喀喀有声，那之下的湿地有暗藏的潜流，麻雀埋在芦苇的花序里吃种子，看上去像芦苇上结满了沉甸甸的果实，水杉正在慢慢变成棕红色。夏天新生的黑水鸡亚成鸟独行在金闪闪的波光里，毛白杨树下的水光里泊着几只䴘䴘，一队鸿雁刚好从它们眼前游过。望春玉兰绵柔的冬芽此时还很小，外层保护着芽的长柔毛闪着银白的光，华山松松针也在发光，就像是缠绕着银亮的蛛丝。银喉长尾山雀在紫藤枝条间跳跃，彼此呼唤追随，天气还不很冷，它们已经蓬起了御寒的羽毛，成为一只只圆滚滚的小团子。无意抬头，看到红隼匆匆飞过，灰喜鹊啄着圆柏的球果，飞回到它们的树林里。有时喜鹊群在半空驱赶、紧逼着比它们体形大很多的苍鹭，直到苍鹭最后不得不迫降。它降落时双腿前伸，增加阻力，脚刚触地时，双翅还伸展着，那一刻的姿态真是纤巧而优美。

有时也分不清是雾还是霾，不过当阳光现出、天空也微蓝之时，树林里的色彩格外柔和，那颜色也随着落叶从树梢流淌到地面，逆光的茶条槭红得耀眼，碧桃叶的红则掺杂着冷色调，栾树叶是最纯粹的金溶解后铸成的。小路两旁的胡枝子还开着最后的一些花朵，灰头绿啄木鸟贴在树干上，体形总是像一枚利器。拍鸟人若不是守在他们投喂的地方，而是到后面的树林里待一会儿，就能看到红嘴蓝鹊在地上寻找可食的种子，它们在树林里拖着长长的尾羽飘浮、走动，几乎像是雉鸡的样子。林间积着落叶的地方，能看到被风吹落的蜂巢，有时还会遇到不知遭遇了什么而死去的夜鹭亚成鸟，全身羽毛还完好。经过毛白杨的大量落叶时，清新的木质素气味从地面散发到半空，沁入心怀。忽然意识到，这样来自树的气息，一年也只能闻到这一次。悠长的生命，基于舍弃、脱离、生长之间的往复循环。

感到人多么需要一些这样的时刻，独行于林，身体仿佛由内到外生出无数触须，紧紧抓住对自己有益的事物，如抓住土地般感到踏实，浮躁的心绪被锚定下来。

有一些细节是在冬天才有机会近距离观察到的。湖面结冰了，人类的同情心有时候弄巧成拙，比如投喂野生动物，那些面包对它们的健康并没有好处，然而雁鸭们还是被引到了湖边冰面上，这个时候倒是可以看到它们不同的足部形态。白骨顶的瓣蹼足、鸿雁和绿头鸭的蹼足、黑水鸡的半蹼足，都是平常没机会细看的强有力的大脚。白骨顶的瓣蹼足尤其让我目光久久停留，整体是柠檬黄里调了些湖绿的颜色，前伸的三个脚趾，两侧都有像叶瓣一样的膜，上面密布细黑的纹路，像是规整的锁线。我想起曾经看过康奈尔鸟类学实验室的一张鸭子双足内部结构手绘图，此时它们足部的血管网络正在进行逆流热交换，所以并不怕冰面的冷。白骨顶从冰洞里还能找到水草吃，光线柔和地照在它的身上，乌亮的黑色像乌鸦一样也呈现出层次感。

乌鸦，冬季每天黄昏它们从郊外飞回到市区这个"热岛"过夜。当我无意间走入乌鸦准备夜栖的树林，仿佛闯入了鸦族的禁地，在这空无一人的小丘上，看着小嘴乌鸦群俯低从头顶接连不断地飞过，听到它们偶尔发出巨大而嘶哑的拖长叫声，真的有种被无形的充满张力的氛围倒逼着踉跄后退的感觉。是第一次这么近地处身于众多乌鸦之间，体会到希区柯克《群鸟》里女主人公的恐惧。

如果没有燕雀，也不能称之为北方的秋冬。每年我都惦记着冬候鸟燕雀归来的日子。阳光正好，红果新鲜，燕雀斑斓的体色也总是这么美，无论阴晴。当离一只吃金银木小红果的燕雀很近时，甚至可以看清它的舌头——呈狭细的条形，显然是为了适应喙部的形状，从而帮助它处理浆果。这样的喙与舌头，还能灵活地分离掉元宝槭、洋白蜡翅果上的种翅，而只把种仁吞咽下去。沼泽山雀则不同，在吃元宝槭翅果时站在树枝上，双脚紧紧扣住翅果，尖尖的喙不停啄击种仁部位，一点点吞食新鲜而富含水分的种仁，有时四周安静，那啄击声还有些像啄木鸟叩敲树干的声音。大山雀、黄腹山雀的进食方式也是这样，双脚抓着它们的食物不放，那姿势像是人类的婴孩。秋冬之季，树上、落叶间的果实是鸟儿的恩物。喜欢看鸟儿进食，看它们与树、与昆虫的关系。树是基石，供养着许多生物。

当然，自然界并非始终都是平稳的。连续几年探究同一个地方，便能够觉察到气候变暖在身边也呈现出了症候。

2023年初冬，一进入奥森就很吃惊，这是这些年来我从未见过的奥森。湖岸边的树色可以用惨淡来形容，这不是深秋步入初冬时应有的色彩，林木的叶片没有来得及变色就失去水分，因此望过去是一片干燥的苍灰。往常此时还余留一些斑斓之色，那是元宝槭、栾树、黄栌在松杉林中的星星点缀。近看有些树半绿不黄的叶子都瑟缩在树上，连最易褪色为纯粹金黄的洋白蜡、毛白杨都是如此，银杏、紫花槐则落了许多青绿的小叶。这也印证了我的想法，入秋之后温度高，温差来得晚而急，树木的叶绿素还没有褪去，激冷之下未离枝的树叶很快失去了水分，何谈变色——过迟的入秋时间、过高的秋季气温给树带来的影响，已经直观可见。

树叶未来得及变色就遭遇气温急剧变化，意味着树不能将叶片中叶绿素的营养物质缓缓分解并储存到树身及树根组织，便需要赶紧关闭叶片背面的气孔减少光合作用，并脱落树叶进入休眠了，否则会被冻伤。将叶片中蕴含的宝贵营养物质舍弃掉，来年树的生长有可能会受到影响，因为分解并储存在树枝、树干和树根中的叶绿素，来年春天能够生成新的叶片，而不用再消耗树的能量来重新制造叶绿素。

初冬也总是能看到一些植物反季节开花,连翘、贴梗海棠、丁香等,通常是一些灌木和小树。而11月末,当我见到一棵颇高大的樱树也开了不少的花朵,在灰寒的背景中显得那么炽烈,还是有些惊诧,它被这暖和的天气误导太多了。植物花芽的萌发需要日照时长、暴露在低温中的持续时间、适宜的温度等几个条件的复杂作用,这棵大树也如此误判季节,被温暖的咒语愚弄,在冬天耗费了这么多能量开出大量花朵,未来对它来说要更具挑战了,下一个春天,它只能调动最后储存的能量准备再次发芽。我时常坐在暖和的屋子里,惦记着遥远的它。"树木必须承担它们早生的成本",许多年前我看生物学家海因里希(Bernd Heinrich)写树木如何在冬季生存,从他那里对树有了更深刻的认识。

惊奇时刻

异常的气候也带来了少见的鸟。

我第一次见到北长尾山雀便是在这里。北长尾山雀是生活在更北方的鸟,分布在北欧、西伯利亚、中国东北和新疆北部地区,在北京,往年它只是作为冬候鸟,偶尔在山区有零星记录。2023年的冬天,在市区的园林,甚至小区、绿化带里,许多人都拍到了它们的小群体。也许是气候变暖导致它们夏天繁殖过多，种群数量大幅增加，到了冬季栖息地食物短缺，一部分小群体便迁徙到相对南方一点的北京来过冬；甚至在山东也有记录，看来它们南迁的距离更长一些。

我一直没怎么出去，也没有特别迫切的心想去"加新"，知道它们一个冬天都会在这里，一切随缘。那一天，爸爸将要回乌鲁木齐前，我拉着他出来运动运动，没想到他成了我的幸运星。在湖边我们看了一会儿雁鸭，继续往北走，看到小群的银喉长尾山雀在惯常喜欢待的柳树上聚集，看到沼泽山雀、乌鸦，看到大山雀在枝杈处专注地啄虫子。我把望远镜给爸爸，让他试着搜索视野里的鸟，就在这个时候，听到树上有"si—si—si"熟悉的短鸣声，循着声音望过去，发现银喉长尾山雀们已经飞走的树上，有一只小小的全身白洁的长尾鸟——是北长尾山雀，两者的鸣声几乎一模一样。在高高的榆树上，它的小黑眼睛也像是榆树黑粒粒的冬芽。有两只，它们又齐齐飞到附近柳树上。我不舍得眨一下眼睛，怀着压抑的激动，就那样默默透过相机取景框看着它。"发现了美，请不要动"，我想到苏格兰作家W. H. 默里（W. H. Murray）曾经这样说过。

北长尾山雀比起银喉长尾山雀似乎没有那么警惕人，愿意在同一个区域多待一阵，而且与人的距离有时较近。

它们也不像银喉长尾山雀那样过于活跃地蹦蹦跳跳，即使飞远一些，也依然在这一片活动，很容易再次跟住它们。也许是它们初来乍到，还不甚熟悉环境，对这游人颇多的园子不像留鸟们那样谨慎。

看得久了，觉得北长尾山雀跟我每年过年回家看到的灰蓝山雀气质很像，毕竟都生活在更北的北地，也许是因为它们都有毛茸茸的圆额头和白胸脯？北长尾山雀与银喉长尾山雀一样，有着黄眼睑，而北长尾山雀后颈的黑色"衣领"那一道分界极明显。这之后的春天，我有幸看到北长尾山雀跟银喉长尾山雀杂交繁殖育雏，亲鸟们都回巢喂食。有时拍摄角度和光线不太好，亲鸟被枝丫挡住，或者把头埋进巢里，体羽也不甚清晰，又因为照片没有及时整理，我本有些辨别不出回巢的是谁，但靠着脑袋后方露出的头部颜色以及是否有这个黑领边缘，总算能辨别出它们了。

细细地回看拍下的它们每一个举动，感觉北长尾山雀的尾羽似乎比银喉长尾山雀的还要修长，在Avibase网站上看了看具体数据，果然，北长尾山雀的尾长是8.5—9厘米，银喉长尾山雀的尾长是5.95—6.4厘米，北长尾山雀的翅长也长一些，它们体重相当，差不多都是8.6克。

初冬的园子里，有三种短促的"ci—ci—"警戒声（call）很相像，它们来自锡嘴雀、小䴓和戴菊。听到这样的声音不能让我很快做出判断,还得亲眼看到它们才行。锡嘴雀也比往年来得多,每次扫视的时候,都能望见它们竖立在远处高高的树冠上,头部不停地转动,朝着四面八方观望,像是个哨兵。有时它们跟燕雀在一起,啄食元宝槭树上的翅果,树叶褪去,一枚枚翅果像张开的两根小手指。

在没有看过锡嘴雀之前,我在英国自然文学作品里先认识了与它同为燕雀科的黄昏锡嘴雀,"黄昏"这个意象总是盘桓在脑袋里,直至见了我们的锡嘴雀——单独的一两只,豆沙棕的体色,高高地印在冬日青灰的天空和枯枝间,也总是令人有些愁绪。而实际上这是人类单方面的"强说愁",近看时,锡嘴雀的神情要多威严有多威严,这大概缘于它喙基部黑色勾勒出的清晰边缘线条、宽宽的黑色过眼纹,以及同样粗黑的喉部,就像描画出的一张京剧脸谱。非繁殖期的冬天,面部的黑色会褪去一些。

它们粗壮有力的喙,能吃得下硬壳的果实和种子,有时也会捕食昆虫。在繁殖期时喙会变为银灰色,大概是它中文名的来历。而拉丁学名 *Coccothraustes coccothraustes* 中 "coccus" 指坚果、种子,"thraustos" 意为打破、撞击,正概括出了它的特性。

无论我看过多少次锡嘴雀,总是看不到它们更多特别的行为,无非是从一棵树冠飞到另一棵树冠,静静地停栖着，偶尔见到它们啄食树上种子。查找资料看，多少减轻了些我的好奇心。锡嘴雀是一种害羞的鸟，因此很难观察和研究，它们大部分时间都待在高高的树枝上，尤其是在繁殖季节，在锡嘴雀的一生中，只有在寻找种子或饮水时，人们才能在地面上看到它们。

寻找戴菊有时候颇具挑战。我和朋友曾经走了一整天，一边看鸟一边聊天，虽然没有特别寻找，但我的耳朵始终都在留意听针叶林里的声音，期望能遇到戴菊。到了下午，经过一片较大的侧柏林时，忽然在树林边缘就听到了极清晰的"ci—ci—"声。会是戴菊吗？我怀着强烈的期待。毕竟很久没有看过它们了。金属质感的音色像是黄眉柳莺的，但是是平声，不像黄眉柳莺的尾音上扬。两三只，轻巧的身影在繁乱线条间跃动，在密密的树冠中部活动，有一刻我的望远镜跟住了它，纯真的圆溜溜的大眼睛，似乎比柳莺眼睛还要大，我不能完全确定，没看仔细它就飞移了。终于相机又对焦住一只，我的心和身体也都揪紧了，只拍了一下，关键时刻，曝光不足。怀着略有些甜蜜又怅惘的余兴未尽的心情，走出树林，将照片调亮了看，没有虚得过分，是戴菊！那明黄的顶冠纹是它随身携带的身份证。

"还好我的听力还在，没有退化"，心里忽然冒出了这样的想法。我被西蒙·巴恩斯（Simon Barnes）施了一个挥散不去的"咒语"。任职《泰晤士报》的首席体育记者多年，他经常利用各种出差的机会观鸟，后来成为生态环境作家，正是他的书教会我在复杂的环境中、当眼睛看不到鸟时，如何用听觉来找到它们。他曾写过，听到戴菊的歌声需要稍微费点神，它的音调很高，以至于年长的观鸟者渐渐地就会完全听不到它们了。因为随着年龄的增长，人会失去对高频声音的听觉，观鸟者最先失去的就是戴菊尖利又纤细的歌声。还好，我仍然正当年。

过了一周，我还想看看戴菊的冬日生活，在与上一次相距几百米的另一片油松林里，我再度找到了它们。最先看到的一只，静静地停立在油松下层的矮枝上很久，身体一部分浸在下午柔和的光线里，侧身久久地展露出来让我拍照。我从未见过这么安静的戴菊，也许那一阵它已经吃得足够饱了，可以暂时歇一歇。当它张开嘴鸣唱时，看得到它细细的小舌头，喙周围还有捕食时能够保护眼睛的刚毛。从侧面看，细长的喙像一枚探针，正是这样的"探针"，能伸进针叶树的树皮缝隙里，可以很容易捕食昆虫。戴菊是食虫鸟，不过有人也曾看到戴菊与山雀、普通䴓一起喝桦树断枝上流出的汁液。

戴菊脚的后趾较长，脚趾下有深深的褶皱，这些特征都有利于它们觅食，使其能够沿着树枝垂直移动，以及抓住光滑的针叶。有意思的是，这次我发现它的喙基部左右对称的黑色延长线，是向下弯的弧度，因此无论从哪个角度看，戴菊的神情都像是很委屈的样子。五分钟之后，它振翅向上飞，与同伴在黝黑的油松冠层里会合，跳动着又开始寻找食物，像是攀着旋转楼梯，逐级上升。习惯于在密密的针叶中预判它们的移动轨迹之后，眼睛就再也不会跟丢了。尽管后来的春天，我在南方黄海沿岸的防风林里也见到戴菊，不过好像总要在北方的冬天好好看一看羽毛蓬得圆滚滚的它们，才觉得真正了了心愿。

冬日的世界不会总是像这样令人频繁地感到惊奇，通常都是走着同样的路，看着不多的同样的鸟，绿头鸭在水里游，树上是山雀和各种鹀鸟。而看似熟悉又寻常的表象之下，其实仍然有着复杂的真实生活。

是一个灰蒙的阴天，我走在清静的河道边，跟着水中的小䴙䴘。在清冷肃萧的环境中，小䴙䴘看上去是那么平静，过着它自己的生活，不知寂寞。它在水域里来回游着，我本能地以为它在捉鱼，不过也并没有见它频繁扎猛子，便猜测它大概在吃些水面上的浮游生物。跟着它走，蹲在水边拍了一些近景，回家后细看照片，才发现小䴙䴘并不是无目的地游荡，一切生命都不会在寒冬里做无谓的活动来消耗能量——它始终在追着小飞虫，大概是摇蚊，目光坚定，并且捉住吃下去了不少。若不是小䴙䴘，当然还有相机，我也不会注意到原来12月的北京水面上还有这么多的飞虫,或许这也跟这个冬天气温一直很暖有关系。还是太自负了,自然里还有许多我没有留意到的生活。真相都在细节里。

总是这样,看到无数鸟儿都在寒冬拼尽全力生活,看到它们坚毅地寻找食物,蓬松起羽毛停立在不挡风的空枝上,便会感到踏实而安定,我的心与它们之间,是一种朴素的感情,而不是"治愈"——活着有时是如此艰难,当然它们比我更难,我们仿佛在一起挨过这漫长的冬天。我甚至有点不愿意说出"观鸟"这个词,觉得这个词也有一种人类中心的意味,而宁愿说"我去感受鸟儿们的生活"。我有时也努力克制自己,不去下意识地用"可爱"形容它们,这脱口而出的"可爱",是把其中真实的艰辛遮蔽了。

冬季食物

这里是城市生活和野性自然之间的一个折中之地。这片广阔的人工湿地,入冬时节并没有为了防火而把干燥的芦苇地完全割除,而是像林地里的间伐一样,把岸边的芦苇刈除一圈,或者把过于密集的地方多清理一些,留下一部分让鸟类过冬,待到来年早春3月,鸟儿食物来源稍稍多一些时,再将剩余的干枯芦苇割掉,以便整个湿地的芦苇在之后重新生发出新的茎叶。对于生长在湿地岸边的旱柳,也需要定时去除一些萌生的蘖枝，这样可以延缓和干预它们的自然演替，否则，喜水的它们将逐渐向湿地中扩展生长，最终占领湿地，将其变成灌丛、林地。

城市中的湿地，需要人工连年维护才能够保留下来，需要在各种因素间寻求平衡。正是有了这样一片湿地，还有周围群落层次丰富的乔木、灌木，春秋两个迁徙季，这里会有不少途经的候鸟停留一段时日，休息和补充能量。在这视野开阔之地，有时无意间仰头，也能看到普通鵟、鹗、游隼等猛禽过境。

看着间伐过的这片芦苇荡以及它周围的大树们、春夏我看过大杜鹃和东方大苇莺追逐角力的苇丛、初秋看见过大杜鹃幼鸟们离巢独行的栖树，这一片我无比熟悉的场域，此时在这冬季都变得清简了，想起星野道夫所写的爱斯基摩人捕杀鲸鱼之后做的感谢仪式——将鲸的下颌骨推向大海然后齐声大喊"明年还要回来喔"，我也朝着这片空寂之地在心里默语，"明年你们还要再来呀……"

冬季割除芦苇之后，对于本地的留鸟来说，也像是熟悉的居住地被拆迁、所依赖的"森林"遭受了砍伐吧，它们的生活比从前更加显露了出来。芦苇荡边留着短茬，芦苇连成片的根状茎现出来，走在上面虽然能感受到短茬柔韧如毯，有一种舒适的反弹力，但脚也被戳得踉跄难行，亲自在这样的地面走一走，才能体会到鸟儿们在这种环境里生活是种什么感觉。地表因这一番劳作而富集了许多昆虫和虫卵，喜鹊、灰喜鹊、珠颈斑鸠聚集在空地上，像是到了打谷场，不时群飞过来贪心地埋头进食。湿地的水早都抽干了，走进芦苇丛里拍照的游人来来往往，许多人高举着长秆的芦花，我看到比从前看到的要多许多的水鹨，在惊扰中边鸣叫着边从一块残余的芦苇地飞向另一块。它们习惯于在芦苇根部躲藏，在地面啄食。待所有鸟儿适应这生存环境的陡然巨变，可能也需要一些时日。

尽管每年冬天都保留下来一些芦苇区域，已经比别处"一刀切"的做法好很多了，但砍伐掉的区域还是占绝大部分，留下的几片孤零零的芦苇群落，就像孤岛，在几乎整饬一新的园子里也显得古怪，再多想想就觉得悲凉了。如果晚一点、度过严寒的三九天再割除呢？在最冷的时候，让鸟儿们能拥有的栖息地大一些、食物来源多一些，它们的存活率可能也会高一些，要知道，许多当年新生的鸟儿都不能活着度过寒冬。为了防火，是不是可以长期、持久地教育人，让人多加谨慎自己的行为，而不是让鸟儿让渡了它们如此巨大的生存空间？——我爱我所喜欢的人，但同时也更爱"非人类"的生命，因为它们始终是处于弱势的群体。我在内心里跟它们情同手足，跟它们发生着情感的共振，如果必须选择，我始终愿意站在鸟的一边，为它们被侵占、破坏的生存空间和艰难的生活处境发声。

工人们干到很晚，一趟一趟地将捆扎好的芦苇堆放在周围树林边，大卡车也满载了，一天仍然干不完。第二天我再走一遍，心里还是很难过，路边摞得高高没来得及运走的芦苇堆，里面有多少鸟雀的食物。苇丛后退，视野变得清透了，工人还未到达的地方，不远处棕头鸦雀三音节清亮的鸣声依然响彻少人的空间，失去大片芦苇领地的它们，仍然奋力在稀薄的芦苇间穿行觅食。锡嘴雀也移往别处的高树，灰头绿啄木鸟在几棵树间起伏地飞停躲藏，还有沐浴在阳光里抓紧时间忙于吃地上元宝槭种子的燕雀、大山雀们。林间地带变得可见的整洁，堆积了一段时日的落叶，最后还是被清理干净了。让落叶留在大地上也是重要的，它们能够转化为腐殖质，也为一部分昆虫和兽类过冬提供栖息地，同时还有利于土壤储存水分。现在，反而是这种割除和清理，令这凄凉的冬景更显凄凉。

我曾在许多个冬日的黄昏看棕头鸦雀，如果不想太多，你可能会以为喜欢群体生活的它们总是欢快的。但这并不是真相。它们来回在几片可数的芦苇区域移动，几乎一刻不停地寻找食物。我见过阿勒泰的羊群，为了躲避大雨急速地穿行在密密的泰加林里，仿若无阻无挡，而看棕头鸦雀在芦苇丛中穿行，也是同样的感觉。

它们的踪迹有时很好预判，一个小群体相伴，旋风一般，从左扫荡到右，偶尔停留的时候，则躲在苇丛中下部更为密实的地方。它们的栖身之处，多是接近浸水的根部，只有觉得比较安全时，才会飞出来，在苇丛中部和顶梢处活动。只要四周环境稍微安静一些，除了风吹动芦苇发出彼此摩挲抚触的沙沙声，那里面还有无数小小双足在其间窸窸窣窣穿行、哔哔啵啵撕折。它们纤细的腿呈八字形，小爪紧紧抓住苇秆，仅仅10克左右的身体，轻轻挂在芦苇上，随风晃荡着，像是一个灵活掌握平衡的体操运动员。短小的喙也有它的厉害之处，撕扯开芦苇叶鞘，吃一会儿那里的虫卵，甚至能啄裂苇秆，从中找到肥胖的幼虫。棕头鸦雀性情谨慎，我看了它们许多年，往往都是远远地在灌木或芦苇的间隙里看着，它们转瞬之间便会飞走，最近几年的冬天，才终于看到它们在芦苇间进食的细节，而这，却是因为芦苇被割除之后，它们的栖息地变得少之又少，白天也不得不将自己的行踪展露在人们眼前——寒冬时节，在躲藏和觅食之间权衡，它们有时更倾向于后者，为了生存下去。从一片残余的芦苇丛飞到另一片，就像在生之岛间迁移。

　　站在芦苇荡的边上等一会儿，也能看见与棕头鸦雀混群的震旦鸦雀，慢慢地从苇海深处小步跳跃着现出身来，彼此呼应着鸣唱。听得出在这里有一个小群体，是那样好听的声音、急促的音节，像明亮的虫鸣。以前看震旦鸦雀要到遥远的郊外湿地，这三四年来，它们的种群有向城市里扩展的趋势,夏天有人记录到有几只在这里繁殖,严寒时节我出来几次,每次也都很幸运地见到它们。

震旦鸦雀总是从芦苇的底部攀缘着蹦跳,一寸一寸地到达飘摇的花序顶端,渐渐也把它精巧机警的样貌全然展露出来:神气的表情、清澈又坚定的目光、长长的尾羽,腹部的黄棕色俨然与青褐相间的芦苇叶融为一体,四趾的小爪紧紧环扣住细细的苇秆。震旦鸦雀吃芦苇中的虫卵,强有力的喙撕剥着芦苇叶鞘,破开中空的芦苇秆(就像用剥橙器划开橙子厚厚的皮)。它的喙比棕头鸦雀的更有力道,看上去就像是鹦鹉的喙,因此有着"Reed Parrotbill"这个英文名。

无论如何,当一只鸟离你这么近,你看到了它的一小段生活,就不会因它是麻雀或者游隼而觉有所差别,只要是一只鸟,你都会觉得这是一种独特的生命形态对你的接纳(其实这个"接纳"也是一厢情愿地认为,我总是能看到它们始终警觉的那个眼神)。

啄食的震旦鸦雀,喙上不时还沾着白色的细屑,这细屑我在棕头鸦雀的喙上也见过。是芦苇秆中的纤维状白絮,还是残留的介壳虫?虽然知道它们都在吃芦苇秆里的介壳虫,但是那虫子又是什么样的?处于虫龄的什么阶段?上一个冬天,我就怀着好奇很想看一看,不过在12月末的黄昏里找了几枝芦苇秆剥开,发现里面都是干净的。

这一次我随意地走着,剥开倒伏芦苇的叶鞘和茎秆,很容易就发现,原来在叶鞘之下,聚集着许多黑褐或麦色的介壳虫,米粒大小,我为鸦雀们有如此丰富的食物而高兴。采了几枝带回来,查资料看,那很有可能是芦苇日仁蚧(*Nipponaclerda biwakoensis*),折断芦苇秆时没办法也捏了一手虫,黏糊糊,资料说它"味略甜",想必是有一些糖分。曾经很长一段时间都惧怕虫子的我,没想到现在也渐渐地可以直面它们,甚至为了识认它们而动手采集,这个转变于我也是始料未及。

芦苇日仁蚧在二龄以前可以自由活动,选择栖居的芦苇枝,二龄以后便附着在芦苇上固定的地方不再移动了。我折下来的芦苇枝,带回来后介壳虫仍然盘踞在原处,只有几个脱落下来,从颜色上看,颜色越深越接近于老熟的若虫。介壳虫的表面是硬化的蜡质介壳,有光泽,它在周围分泌了许多白色蜡粉,这就是我看到的震旦鸦雀和棕头鸦雀喙上附着的白色细屑,并不是芦苇秆内的纤维。

震旦鸦雀的食物除了介壳虫,还有芦苇秆上生长着的某种芦瘿蚊、芦苇秆内的蛀茎虫。也许是因为生长在水里,从前我有一种很主观的印象,觉得芦苇很洁净,因了它从上到下的青绿颜色、透气的中空的茎秆、对水域的清洁功能。还曾在冬天钻入深深的芦苇丛中,试着找找东方大苇莺繁殖之后的巢细看一看,原来,我是走在这样一个密集的虫子世界里。深入到一个小型生态系统的内部，值得探索的细节是如此多。

晚霞和月亮

"又是钩钩都落空的一天"，心里这样想着，站在湿地边，看着西边的金色夕阳，待它的光弱下去之后，我就准备离开。比安基（Vitaly Bianki）在《森林报》里写，人们会对出发去钓鱼的人说："祝你钩钩不落空！"我接连两天忍不住来，是想在芦苇割除之后，找到一个完成了使命空置下来的东方大苇莺的巢。还是一无所获，像去年这个时节一样，也许我跟东方大苇莺巢的缘分还未到。

在这里倒是看见过两次棕头鸦雀的巢，巢是小小的杯状，精细地缠在欧洲荚蒾和华北珍珠梅分岔的枝干上，用了些细小的枝条、草茎。一个巢在开口处编织进去了几团类似于填充靠枕用的白色人工纤维，另一个则在外层的细枝间编织进来一些透明的长条塑料。在城市生活的鸟儿，使用的巢材越来越多见人工材料，这是就近使用最易得材料的结果，也是它们不得不适应周围环境的体现。

我在湿地边一直看着落日，那片赤金已经渐渐低沉下去，预报的风下午就起来了，有些冷，北边有一条长长的天青色的裂带，那之上是普蓝色的大片阴云。就在这之间，一个微妙的时刻开启了。先是看到天青色裂带的上空变亮，变成天蓝，再被粉色霞光映照——有低云，正是形成晚霞的好条件。扭头，南边、东边的云层都开始一寸寸地涌起了粉色，粉云在黑色的树线之后。更阔大的红霞升起来，忽然间，四面八方乃至地面，全然地充盈着一种极盛的粉光。是我很少遇到的如此盛大的绯红色光芒。灵魂仿佛受到震撼，我被震住了，被一种宇宙力量包裹住，无声，有着轻微的压迫感，又温柔。心里充满无须言说的感动。

过春节前准备回家，临走之前，我又去湿地看看冬候鸟，担心回来以后就看不到它们了。奇怪的是，有些喜欢的地方，我并没有频繁地到访，但心里好像始终与那里的所有一切同在。每当要短暂地离开这个城市一阵时，我总想着要去看一看，像是在无形的时间之尺上做标记，等我回来之后，物候变了，它们也在变，而我遗憾地有一小段空白，没能跟这些变化同在。我在心里将它们视为己有。

那一天的月亮实在太吸引人，下午4点半，满月渐渐升起在东边半空，我走着，眼睛无法克制地总是望向月亮。新月、上弦月轻轻地低悬在半空，有一种格外温柔的情感，满月则总是太完满了；然而那两天不同，必须是这样的月，才会有后来的那些感受。

渐渐斜射的阳光将树木映照成红棕色，小枝条上粘着许多种序的毛，逆着光像毛茸茸的金色小叶子，飞过的鸟鸦的喙也被照亮。月亮在圆柏树梢，很有一种古典意味。栾树零落的蒴果，洋白蜡的翅果，树都这么好，留存着一些果实。这样的色调使得芦苇的花序也仿佛沉重了许多。这是冬天里令人喜欢的暖色，就像将土黄色调试明度、纯度之后所能获得的所有大地之色。接下来光便渐弱了，也仍然笼过来一层铜红色，所有的一切像被焖燃的炉火映照着。

震旦鸦雀依然还在老地方，跟棕头鸦雀群在一起。十多天前我在晴暖的中午看它们，此时寒意渐起，它们蓬起羽毛，显得比白天更"胖"了。在芦苇丛中看震旦鸦雀时隐时现，有一种难以言明的吸引。这不只缘于看到鸟。它们从苇海（现在被割除了许多，已经称不上"海"了）深处渐渐移向芦苇荡的外部、人站立的地方，就像涉海而来，我的眼睛穿过芦苇，盯着它们的来处，心里期望的是看透它们不被理解的生活。

震旦鸦雀从苇丛根部向上攀升，专注地寻找食物，无论何时看，都觉得像是一个小小的太阳从苇丛中升起来。为它们这种似乎是天赐的能力而赞叹，一只鸟被赋予了名字，但那并不能概括它的能力——它是多么优秀、敏捷。也很艰难，一切的活动都是为了生存，它们得不停地重复这样的行为，直到通过进食囤积够足以支撑它们过夜的能量。不是每一处都有虫或虫卵，有很多无谓的跳动，在深重的暮色里我也感到有点悲哀，若有更多的栖息地和食物来源，它们也许可以早一点填饱肚子。芦苇托举着它们的生命。

夜涌上来，然而满月之下一切又都是明亮的，没有失去细节。一个非常优美的时刻：冰冻的幽蓝时间，月光之下，苇草暖黄，整片苇地都被鸦雀们的切切鸣声填满了。城市中的自然孤岛上发出的生命之音。

第二天我仍然还想去看一看那样的月亮。差不多在相同的时间到达，却不见，这才意识到，在同一个位置，月亮每天都比前一天晚五十分钟左右出现。在空地上看了一会儿水鹨，看它捉住一只蜘蛛。水鹨低声的飞鸣就像是精灵的声音，轻脆地回荡在芦苇地上空。它的飞行跟鹡鸰很像，一漾一漾的轨迹，双翅频繁地振动，站立的时候，尾巴也上下摆动着。两只喜鹊驱赶着它们，它们贴地低飞，飞进芦苇丛，跟环境完美地融合在了一起，芦苇是它们的隐身衣。我蹲下来看，它们像站在洞穴口，远远地与我对视着，有种穴小鸮般的神气。

入夜前棕头鸦雀们在做最后的进食。那汇集于芦苇丛间的声音似乎显得比中午更急切，是三音节急促鸣唱声，是轻轻撕扯和折断芦苇的哔啵声，像细雨滴落在薄铁皮屋顶。它们在芦苇枝头不停跳动着，那么着急，仿佛在黑夜的号角吹响前要比赛谁能吃进更多的东西。

一大群又落在地面，像麻雀群进食那样，一步步地向前推进。我蹲下来看，它们几乎快要走到我脚边，距离近到相机已经无法对焦。真的像一个个长柄的小汤勺，在光照下变幻着体色，光线明亮时是沙棕色，暮色里变成了糖栗色。棕头鸦雀的小脸，就像在橡皮泥团子上左右对称往下按，凹陷为颊，凸起为喙。这个短小的喙对这小小的生命如此重要，此时在地上它们埋头用喙翻抛着苇茬间的断枝残叶，那里面有它们更容易获取的虫卵。

5点半，月亮出来了，低低的，在树影之后。天色暗了，角度低，月亮是温黄的。好圆正的月亮。西北低空有一朵荚状云。

仿佛这片地带所有的棕头鸦雀、震旦鸦雀都回到了眼前仅存的几块芦苇地里，此起彼伏的啾鸣声，这片草黄色的色块像是一个会发声的匣子。月亮升到半空，比前一天更加明亮清朗，像一盏永续的明灯，四周是逐渐在加深、变得沉重起来的暮蓝色。不知持续了多久，也许没有很长时间，鸦雀们终于彻底沉寂下来，唯剩月亮和风拂的干芦苇。几乎无人，冰面竖立着高高低低会绊倒人的短茬，四周是如同海水涌来包裹住我的蓝，寒意从脚下寸寸上升，到手指尖。忽然之间，一种深入肺腑的孤独感袭来，我好像置身在真正的荒野，虽然能听到远处五环不间断的车流声。很想哭，奇怪，为这一切，也许是美，又不仅仅是美。

不只鸟兽，人也多么需要这样一片"荒野"。一定要保留好这片湿地啊，心里在想。

我要离开了。走远一些，看见长长的月影映在冰面上，散发着荧荧暖光，像是金的碎片。离得越远，这道摄人心魄的温柔的光影便越长。如果不是特意出来，一年都看不到一次这样映在大地上的月光。

我在上一本书里写，看帕乌斯托夫斯基（Konstantin Paustovsky）的文章，读到他住在契诃夫曾经小住过的伊林深水潭，对这里也渐渐充满依恋，"我每次要到远处去的时候，一定会先去伊林深水潭那儿。不跟它告别，不跟熟悉的白柳，跟俄罗斯的这片田野告别，我简直没法走……"奥卡河上的伊林深水潭，契诃夫曾在那附近的房子里写出了《萨哈林岛》和《带阁楼的房子》。对帕乌斯托夫斯基来说，契诃夫不仅是天才作家，而且是一位地道的亲人，契诃夫的哀伤留在伊林深水潭，留在潮润的小径深处，留在巨宅的空房间里，留在满是浮萍的池塘水面上……当时的我在心里想，什么时候我也能跟身边的某片湖水建立起一种"有如血缘关系"般的情感呢？而如今，四年过去，未曾预料到，我也有了我的"伊林深水潭"。在这里的所有瞬间和记忆，这里的树、鸟、水、风、芦苇、杂草、云霞、光影、月亮、汗水、寒冷等等，一同构成了我的北方生活的重要部分。

每个季节都有值得期待的地方。

/ 欧阳婷

黄昏柏子香

撰文 沈书枝

一

穿过公园侧柏林时，发现侧柏球果成熟了。之前落满枯扁侧柏叶的地上，此刻又落满了球果。球果种鳞裂开，掉出里面饱含油脂的种子，有的落在地上，有的已入鸟儿和小兽腹中，剩下空空的种鳞，在树下慢慢干掉。因为天气仍然潮湿，种鳞还有一点绵软，不像季节行进到更深时那么干劲硬朗，有的里面还蕴着没有完全掉净的种子，捡起来抠一抠，倒一倒，稻粒形的小种子漏出来，有浓重的芬香。

直到今天，遇到侧柏树下裂开的球果，我都还会想到昆剧《玉簪记》里对柏子的描写。十多年前在南京读书时，戏票的价格还很便宜，我常在周末去兰苑（江苏省昆剧院）看昆剧，其中常演的一出是《玉簪记》的《琴挑》。《玉簪记》讲道姑陈妙常和书生潘必正的爱情故事，《琴挑》是戏里两人感情正式表露的开端。这时候陈妙常已经喜欢上潘必正，但当他晚上到她那里谈天，弹了一曲《凤求凰》来试探她时，她又不敢放心他这种略带轻薄的挑逗，庄重地

回答自己道居生活的清静,唱了一首长长的《朝元歌》来撇清。这首曲子的曲词和歌调都很美,词是这样的:

长清短清,那管人离恨?云心水心,有甚闲愁闷?一度春来,一番花褪,怎生上我眉痕?云掩柴门,钟儿磬儿在枕上听。柏子座中焚,梅花帐绝尘。果然是冰清玉润。长长短短,有谁评论,怕谁评论?

其后潘必正相思成一些小小的疾病,陈妙常跟随观主去看望他,又经历一些小小的心机与试探之后,两人终于在了一起。潘必正是赶考下第投奔姑姑的书生,陈妙常是因为战争与家人失散、流落在道观为道姑的小姐,当他们的恋情暴露时,身为观主的潘必正的姑姑,就把他赶去参加下一次科考,陈妙常则在他的船消失之前,赶在后面乘一只小船去追别。这便是昆剧《玉簪记》中最为动人的几出,《琴挑》《问病》《偷诗》《秋江》。

如今我不再能像过去那样欣赏这种爱情,对于惯受爱人与被爱才是人生中最该追求、最有价值的东西的教育的女孩子来说,二十几岁时,才子佳人的戏码或许还不失为一种包裹明亮的糖果,到了三四十岁,它再怎样也渐渐显露出内里惨淡的灰暗来。这时候你已经明白原来爱人通常只是要你为另一个人及家庭持续付出自己的人生,也总是会忍不住在看戏的时候想到，那戏里才子才是整装待发或已发、一直占据主动地位的那一个，无论是求取佳人还是求取外面世界的功名；而佳人，无论是出身世宦的小姐还是普通人家的女儿，永远都只有在庭户、在闺中，付出爱、付出劳动，等待遥遥无期的离别结束，等待不知是否依然存在的爱重新回来。在高濂的《玉簪记》里，如今剧场上不演出的那部分，是潘必正离开后，陈妙常发现自己怀孕，每日小心遮掩，闭户不出，以免被人看出，更不要说心中日夜的不安与思念。最后还是潘必正在报喜的书信中向观主吐露两人已私订终身，这时候观主发现陈妙常已经怀孕，稍加责备，便打发她到附近娘子家住下，因为"虽是你两下夫妻前定，若是在我这里成亲，恐坏我的山门"。当然，作者安排在她怀孕半年以后、桃花将尽的春天，潘必正榜上高中回来了。这是传统戏剧里作者精心安排的情节给人的安抚与定心，与此同时也是一种遮掩，如果把它放到现实中，更为常见的应当是另一种——元稹的《莺莺传》。我不是说，爱情故事里不允许有爱的消失和变质，要拥有这样一种霸权主义，只是意识到这神话本质上存在着性别两端的不平等，而这种消失和变质通常是对这不平等的加剧。正是这些东西使人分神，不能假装像过去一样沉浸其中。离开南京后，没了从前那样便宜方便看戏的机会，我就很少再去看戏，直到几年前，有一次偶然和朋友在北京看戏，整个晚上，我都在不断分神，不断意识到不能假装自己这些年所经历的经验和观念的变化没有发生，从那以后我就再也没有去看过戏了。

　　话说回来，虽然不像从前那么喜欢《玉簪记》，但也绝称不上不喜欢，对《朝元歌》就更是如此，唱出这首曲子的陈妙常又俏皮又神气。我在第一次听到时，就留意到"柏子座中焚，梅花帐绝尘"，心想，不知柏子香烧起来是什么味道呢？我在南方时没太见过柏子，如今回想起来，知道是那时还没有留意，也因为柏树在南方不如北方常见。如同古诗里所写的，"青青陵上柏"，陵是山坡，也是坟陵，在我家乡，过去柏树是一种特殊的树，通常只植在坟边，一年中多以清明上坟时碰见。圆柏球果是一个个骨碌的小圆，密密挂在枝叶间，绿色球果上覆一层明亮的霜蓝。我小的时候有时会把它们摘下来玩，却从没有想过把它们剥开看一看，不知道这东西里面是有种子的，总是无聊地玩一会就扔掉了。侧柏的球果没有那么圆，在未成熟开裂前，四周带一点头角的峥嵘，那是它种鳞的尖尖，球果上也覆一层霜蓝。这圆中带尖的霜蓝果子，在我小的时候却使我感到害怕，觉得它很像电视里金角大王或银角大王的头，或是龙王海宫里什么执叉捉戟的虾兵蟹将蓝荧荧的脸，因此不太敢碰它，好像它会在我手上忽然变成什么妖怪一样。冬天的日子我们不上坟，我记忆中没有看过它成熟裂开的样子，好取消我的这种害怕。

二

对柏树熟悉起来是到北方以后。随便什么公园里，松柏到处都种有很多，春天常有花粉过敏的报道，罪魁祸首就是城市空气里过高的松柏花粉浓度。历史悠久的皇家园林里更是如此，常常有上百年乃至数百年的古柏，望来高大朴硕。刚来北京没多久，有一回下雪，我因为整个冬天看到的绿色太少，感到十分寂寞，决心在这样的雪天去看一看松柏，那是当时外面世界唯一能看到的活的绿色。去了离那时住处不太远的国子监，到时大雪尚未停下，方正中庭中，几棵古柏庄重树立着，枝丫如同张开的怀抱，尽情向四处和上方伸展开来，不曾受过什么阻挡，如一颗颗巨大的花椰菜。树顶上积满白雪，使得底下柏叶都显出一种黯黯的乌蓝。四下空旷，只零星几个人穿着厚厚的羽绒服，在雪里沉默地走走看看。古柏的树皮纵裂，形成坚硬清晰的纹理，积雪把枝干裂缝里能够落到的地方也都填满了，那黑沉沉的扭曲苍劲的枝干和覆盖在它上面的蓬松的白雪互相映衬，形成一种油画般坚实的质地。我的鞋子很快被雪水浸湿了，脚趾冻得生疼，拍照时露在空气里的手也冻得不行，没过多久，就被寒冷驱赶到里面一座有暖气的小房子里。掀开厚厚的老棉布帘,才发现那里面正在展出一个很小的齐白石画展。四面墙上悬满画框,其中一幅纸上,一串牵牛花顺藤而下,颜色草草,玫红花冠和雪白花管相映,正是北京秋天最常见的风景之一。牵牛花使人感动,房间里暖和极了,和屋外的严寒形成强烈的对比,正如纸上的牵牛花和院中的古柏一样。小小房间很快逛完了,我舍不得出去,但再不走,外面气温会越来越低,最后只好又咬牙钻进寒气中,在已渐渐发蓝的暮色中走回去。

  这次雪中看柏树使我对北京公园古柏之美留下深刻的印象,也对北方雪中的寒冷有了深刻的体会。但那时我还没有留意到柏子,尤其是侧柏的球果。第二年秋天,我在公园的侧柏树下第一次捡到它裂开的球果,像是木质的莲花,或者说更像是佛教装饰中常有的莲花形纹的立体化。我不知道这是什么果子,站起来不敢置信地在树上找了下,才确定是侧柏的球果。想到小时候害怕的果子,原来裂开后这么好看,心里感到十分惊奇。侧柏球果的种鳞木质化,干枯后很容易保存,北方冬天室内有暖气,空气温暖干燥,我常常在深秋捡几颗回来放到书架上。有一年秋天和朋友在公园,正走在路上,忽然听见身边不断传来轻轻的扑簌扑簌声,停下来看了一会,才发现原来是路边侧柏树上正在不断往下掉落成熟的球果。第一次观察到这么多的侧柏果在轻到几乎没有的秋风中簌簌自落,我感到十分快乐,好像发现了什么了不得的事情。这样切身真实的体验带来的意外感和新鲜感,远比从书里看来类似的知识来得强烈。这经验看似微不足道,却并非如此,对我或其他觉得重要的人来说,它们就是十分宝贵的。

在那以后,我对侧柏果的情感就比从前要更深一点,好像我和它们之间有着别人不了解的秘密的连接。后来我去搜古诗,才发现原来古人也早已写过类似的经验,比如北宋张耒的《东斋杂咏·道楊》:

纸阁芦帘小榻安,一衾容易却轻寒。
谁惊午枕江湖梦,风落晴窗柏子干。

题目是咏道楊,实际写的却是深秋初冬柏子落下的情景。诗人在安放在专门避风取暖的纸阁(陈妙常所唱的"梅花帐",也是纸阁、纸帐的一种)里的小榻上午睡,只需一件衾衣,就足以抵御这时节的轻寒了。但是谁把人从无所挂碍的江湖之梦中叫醒过来的呢?原来是晴窗边被风摇落的干柏子。又比如梅尧臣的"山下溪流照城郭,幽庭柏子风自落"(《双凫观》),张继先的"风来多柏子,云去净嚣尘"(《和元规寄杨子寓真岩韵》),吴芾的"柏子当轩堕,蕉花傍槛生"(《初冬山居即事》十首其一),写的也都是生活中切实的经验,或当时眼前真实发生的事情。隔着遥远的时空看到这样的句子,感到小小的兴奋,知道我和诗人曾注意到相同的事情,有过相同的情感和经验,这遥远时空里的一点相同,就足以使人快乐了。

三

开始零星观鸟以后,对于柏子有了比从前更多的认识。深秋初冬侧柏果实在枝头裂开,露出里面盛得满满的圆鼓鼓的种子,对于小鸟们来说,那简直就是摆在餐盘上的大餐。我曾在雪后的香山和朋友一起看到一大群黄腹山雀在侧柏枝头啄食种子,小小的黄鸟一会飞到这,一会飞到那,一会正立,一会倒挂,嘈嘈碎鸣,仿佛没有重量般轻快活泼,看得人心里生起无限满足。想到寒冷的冬天,有这么多的柏树种子在为鸟儿们提供食物,心里就感到快乐。出于好奇和探索欲,我曾在树下捡过几颗侧柏种子来吃。嗑开小小的梭形种子的外壳,里面是一丁点白色种仁,吃起来有一点油脂香气。那味道也许跟生吃松子仁差不多,只不过种仁远没有后者那么大。我对侧柏果实的情感又加深了一点。不过,圆柏球果也会为鸟兽提供食物这件事,我却花了好长一段时间才意识到。圆柏球果的种鳞是肉质融合的,深冬果实成熟后也会掉落,把地面覆上蓝白的一层,但不同于侧柏果实的逐渐木质化开裂，圆柏果实这时不会裂开，我因此从没注意过它们。直到前两年的冬天，我在一块光秃秃的草地，看到一只金翅雀喙里衔着一颗葡萄籽般的种子。不知那是什么，感觉像是侧柏的种子，可是那一片除了几种松树、几棵圆柏和一些西府海棠之外，一棵侧柏树也没有。我在地上找了很久，看到许多这样的种子，还是想不出它们到底属于哪一种植物，直到某一刻才忽然醒悟，那岂不正是不远处圆柏的种子吗？奔到圆柏树下，那里公园的工人们在树下挖了一圈圆圆的浅坑，方便日常浇水，圆柏的球果就在这圆形的大坑里落了厚厚一层。我捡了一颗剥出来看，里面果然是和侧柏一样的种子，感到一种恍然大悟而又十分好笑的欢乐。这欢乐比从前发现侧柏球果从身边落下时还要大一些，因为这样简单的事实是我自己经过一番努力发现的。从那以后，我对圆柏的情感也变了，不再自以为是地认为它是沉闷的、无用的树了。

拐到公园另一条水泥路上，前面也落了好些侧柏球果，旁边几棵侧柏树，一只珠颈斑鸠和一只小麻雀远远地在路面上啄着。也许是这里有人经过，把路上落的一些种子踩碎了，里面斑斑点点的白色种仁露了出来，贴在地上，对于小鸟们来说更方便取食。珠颈斑鸠一见我便飞走，那麻雀却太小，比一般的麻雀还要更小一些，像一颗柔软的小球，一望而知是今年夏天初生的，还不知道怕人，任由我在那里站着,只是啄来啄去,浑然不觉,而且离我越来越近,直至脚边,这时它仿佛才留意到我的存在,低低踉跄飞走了。没扑两下,又在不远处落下来,轻轻在树下跳着继续搜寻。这懵懂的样子可爱,却也让人担心它如果遇见天敌能不能顺利逃脱,以及能不能抵御即将到来的冬天的严寒。心里想着,小麻雀,要活过冬天啊!

想再尝一尝侧柏种仁的味道,我在一棵树旁停下来,从裂开的球果里抠出一颗干净的种子来嗑。这种子却是空的,我又找出一颗,发现还是空的。虽然外壳看起来很饱满,里面却只有一层空空的未曾发育的种皮,再无其他内容。就这样,我接连嗑了十几颗种子,才终于吃到了一颗种仁饱满、富含油脂的。心里很惊讶,往年嗑柏子的时候空的仿佛没有这么多?是我的错觉,还是这棵树是例外?或是因为全球气候变暖,今年漫长而炎热的夏天影响了柏子的发育呢?这样模糊地猜想着,麻雀们不像我以为的那样有收获。

就在我蹲在地上找柏子、嗑柏子时,头顶的侧柏树上也不时摇落下一些干枯的断叶、柏果壳或种子。此时这棵树正沐浴在阳光中,看到此情此景,我不禁暗自微笑,这是像从前一样,柏子们在阳光下无风自落。但眼前竟然开始飘下嗑开的柏树种子的半边空壳了,怎么回事?风可不会把柏树种子的壳吹开!我这才想起来抬头看,只见头顶上，一只麻雀正在柏枝间欢快啄食。那簌簌的枯碎叶和半边柏子壳正是它啄下来的。我这才知道，原来麻雀们吃柏树种子，也要把壳嗑开来吃，而不是像我从前以为的那样，整个儿吞下去。的确，柏树种子的壳有点硬，像瓜子壳一样，直接吞下去会不好消化。之前我理所当然地以为，这么小的种子，鸟儿肯定一口吞下了，但就像燕雀吃洋白蜡的翅果要用喙把外面的果壳咬开，只吃里面的种仁，吃元宝槭的翅果也要把果壳咬开去掉一样，麻雀们也用着远比我想象中精巧的方法，在取食它们喜爱的食物。这发现又让我感到惊喜，自然几乎总是慷慨，只要随便看一看，就会得到一点小小的礼物啊。当然，并非所有鸟儿都是如此，它们的取食方式跟它们的大小、喙的形状都有很大关系。我也曾在圆柏树下看过灰喜鹊吃它们的果实，灰喜鹊们哑哑掠定，在枝头灵活转头啄食，把整颗整颗的圆柏球果直接吞下。这种场景也让人感慨，大鸟就是不一样啊！

四

怀着又发现了新知识的欣喜（虽然同样是这样微不足道的），在回家路上，我又一次想起从前那个问题，不知道柏子香燃起来是什么味道呢？是很浓的柏枝香气吗？烧的是种鳞还是里面的种子？种鳞不易燃烧，可能烧的还是富含油脂的种子。这样想着,回到家里,我开始搜索资料,很快在岳强的《岁时香事:中国人的节气生活》中找到一篇写柏子香的。他把柏子香放在适宜清明时节燃烧的香里,写到柏子香的制法:

柏子即侧柏树的果实,前一年中元至中秋之间采摘青色未开的柏子,制香窨藏,到清明焚烧正与节气相应。明代周嘉胄著《香乘》卷十八中所录柏子香方:"柏子实不计多少,带青色未开破者,右以沸汤焯过,酒浸蜜封七日,取出阴干烧之。"宋人陈敬著《陈氏香谱》所录柏子香方略异:"……以沸汤绰过,细切,以酒浸,蜜封七日,取出阴干爇之。"两香方的差异一为柏子实沸水焯过后直接酒浸,另一为沸水焯过后细切酒浸。直接酒浸的柏子香如天然的香丸,而细切后酒浸的柏子香则为末香。这涉及香丸、末香两种传统制香和用香方式的差别,在气味香韵上,虽是同一香材,但有不同的呈现。柏子大小如天然香丸,《香乘》中的香方可称其为香丸方,《陈氏香谱》中的香方即是末香方。《香乘》中还录有真全嘉瑞香与紫藤香,皆为线香

方。(《清明·烟云袅袅柏子香》)[1]

真全嘉瑞香和紫藤香是将柏铃(将柏子称为柏铃,实在是很美妙的称呼,那果实确实如铃铛一样)和罗汉香、芸香、降香等香研作粉末,用有黏性的白及根末和水制成线香。原来柏子香是由仍青绿时采摘的整颗柏果制成,而不像我之前想象的那样,是用干枯的柏果或干燥的柏果种子制成的。的确,还是青绿的侧柏球果不像干枯后木质化得那样厉害,更容易"细切之",而同时包含了种鳞和种子在内的柏果,也比光取种子经烧得多。不过,能制柏子香的柏子想必不只是侧柏果实,古人写到柏子香,实际并未指明是哪一种柏树,圆柏和侧柏的果实应当都可以用。至于拌柏果的酒,则是黄酒或清酒,这是因为,唐宋的酒是用米、秫之类谷物酿造的低度原汁酒,酒熟后没有经过烧煮封存的是清酒,经过烧煮封存的则是煮酒,接近于后世的黄酒。[2]

---

[1] 岳强《岁时香事》里提到周嘉胄《香乘》,有两处"酒浸蜜封",岳文引作"酒浸密封",但写实际制作时,写到加了蜂蜜。查崇祯十四年自刻本《香乘》卷十八写作"酒浸蜜封",考虑到古代人制作香丸,最后常以蜂蜜作黏稠剂把粉末丸在一起,以及后引陆游《焚香赋》中写柏子香,最后也有明确的拌入蜂蜜的描写,这里将"密封"径改为"蜜封"。

[2] 参看程杰:《"青梅煮酒"事实和语义演变考》,《花卉瓜果蔬菜文史考论》,商务印书馆,2018年,第440—456页。

如今说到柏子香，我们能看到的较早的记录是晚唐诗人皮日休唱和陆龟蒙的《奉和鲁望同游北禅院》，其中写禅院生活的沉静高明，有"吟多几转莲花漏，坐久重焚柏子香"的句子。另一首张贲、皮日休、陆龟蒙三人联句的诗里，也有皮日休"香然柏子后，尊泛菊花来"（《药名联句》）的诗句，写的是秋日燃柏子香、喝菊花酒的清趣。说明在我国，至迟在晚唐，柏子香已经是很常见的一种香料了。宋人诗中颇多燃柏子香的记录，这跟宋代焚香的兴盛和士人文化生活的兴起有关，不过，由于柏树本身青翠长春，可以生长为数百年的古树，很早被寄托了与长生不老的仙人文化相关的愿望，又常被种植在山林佛道之所，因此在诗人笔下，它们更多呈现的还是一种与世俗成功不同的价值取向。《玉簪记》里陈妙常的陈词，的确是一种极符身份的仙姑自道。在皮日休的两处诗里，也可以看出柏子香与方外或文人化生活的相连，凸显的是一种游离于世俗之外的清刚或寂寞，至于平常人家，恐怕是一个柏子香不太会轻易进入的场所。

这在北宋诗人的诗中似乎表现得更为明显，王安石写"午鸡声不到禅林，柏子烟中静拥衾"（《自定林过西庵》），"欲见道人非一朝，杖藜无路到青霄。千岩万壑排风雨，想对铜炉柏子烧"（《和平父寄道光法师》），苏轼在病中写"铜炉烧柏子，石鼎煮山药""誓逃颜蹢网，行赴松乔约"

(《十月十四日以病在告独酌》),表达的都是一种时而倦怠于官宦风波的文人士大夫对于暂时或长久脱离世网缨限的追求与向往,希求在一种更接近于自然的环境与生活中获得内心的宁静,而这宁静的象征之一就是铜炉中静静燃烧的柏子香。释道潜是苏轼往来亲密的朋友,他的诗里也屡写到柏子香,"漏转芙蓉永,香销柏子频"(《燕默堂》),"万壑千岩夜未央,月华松色共苍苍。上方已觉无人语,金殿谁焚柏子香"(《钟山夜月》),总写一种夜深人静后独脱于众人之上的幽永,不过我更喜欢的还是他和秦观的《次韵太虚夜坐》(秦观又字太虚):

古寺冬萧瑟,天寒色更冥。
卷帏延素月,转盼失流星。
炉底眠枯蘖,窗根立冻瓶。
谈馀焚柏子,一穟小烟清。

在古寺沉沉的冬夜,和朋友在一起,在相契的清谈之余焚起柏子,看香炉里抽出细细的青烟。诗的趣味可能也不脱诗僧的范畴,但我喜欢它里面有一种真实生活的经验,在古老昏黑的寒夜中,诗人应确曾卷帘转眄,注意过那窗外山中的月亮与划过的流星,还有那堆在炉底作柴的枯枝和窗根下摆着的冰冻的花瓶,以及带来一丝温暖的柏子烟。

黄昏柏子香

真切的冬天使其动人。不过，秦观集中最像是道潜所和的那首原作《宿参寥房》（道潜号参寥子），写的却是深秋时节，也许山下的深秋在山上就可以约略而言冬季了。[1]

五

关于柏子香的诗里，我很喜欢的另外一首是贺铸的《宿芥塘佛祠》。钟元凯在关于这首诗的赏析里指出，这首诗写于贺铸在历阳（今安徽和县）阅田时，在一日的公务结束之后，他在傍晚寻找寺庙投宿，诗分为寻宿和投宿两部分：

> 青青麰麦欲抽芒，浩荡东风晚更狂。
> 微径断桥寻古寺，短篱高树隔横塘。
> 开门未扫杨花雨，待晚先烧柏子香。[2]
> 底许暂忘行役倦，故人题字满长廊。

---

[1] 秦观《宿参寥房》："乡国秋行暮，房栊日已暝。惊风多犯竹，破月不藏星。钩箔檐花动，抄书烛烬零。非关相见喜，自是眼长青。"也写和道潜在山中夜里所听所见，以及屋中情境：把帘子钩起来时带动了帘边装饰的檐花，抄书到蜡烛也将燃尽了。
[2] "待晚先烧柏子香"有的版本作"待晓先烧柏子香"。如果作"待晓"，对诗意的理解就不一样。这里我倾向于钱锺书在《宋诗选注》和钟元凯在《宋诗鉴赏辞典》中的解释，认为"待晚"于诗情更合理。

是小麦正要抽芒的晚春时节，浩荡的春风在人间吹拂着，诗人在微径断桥间寻找着晚上要投宿的古寺，忽然间就看到了横塘对面寺庙的短篱高树。后四句写进寺场景：寺僧打开门，映入诗人眼帘的是地面上白日吹下未曾清扫的杨絮，等夜晚来临时，先把净室的柏子香烧起来。在此之外，是什么使诗人暂时忘却了行役的倦劳呢？原来是庙里长廊上，留满了朋友们过去题下的字句。整首诗里充满了一种风尘仆仆的流落及其被承接的感动，暮春乡下的暖热长风，黄昏中的微径断桥，寻找时的着急困顿，落定后的沉静安稳，以及看到朋友题字时的惊喜慰藉，种种情感，都细微表现了出来。柏子香在这里作为黄昏安稳的因素之一，也唤起人心中的感激之情。虽然燃在偏僻的寺庙里，但它给人的情感却是日常的、亲近的，而不是超凡脱俗的。

柏子香这种既脱于庙堂但又不遁于方外的日常亲近感，在南宋诗人的诗里表现得更为明显。其中最有名的代表当属陆游，不仅屡屡在诗中写到柏子香，专门所写的《焚香赋》里，要造来陪伴自己的香也是柏子香。《焚香赋》写于宋孝宗淳熙十四年（1187），此时陆游知严州一年，疲于公事，乃于病中谢客，"闭阁垂帏，自放于宴寂之境"，于明窗净几之前，炷香以悠游娱心。在一番细密的闻观品鉴之后，生起想要上疏挂冠、隐居山林之心。隐居自然也要造香,"暴丹荔之衣,庄芳兰之茁。徙秋菊之英,拾古柏之实。纳之玉兔之臼,和以桧华之蜜",夸耀想象中的制香过程,晒荔枝壳,壮兰草芽,摘秋菊花,捡古柏实。这里制香的材料并非每一种都定是写实,而是取一种自屈原以来香草美人的传统,但柏子却是其中偏于真实的存在。如此细切香料,和蜜而封,待香成之后,便"掩纸帐而高枕,杜荆扉而简出。方与香而为友,彼世俗其奚恤。洁我壶觞,散我签帙。非独洗京洛之风尘,亦以慰江汉之衰疾也",要躺在家里和香待在一起,喝酒看书,把那些做官时候的风尘都洗干净,也安慰这已渐渐衰老的躯体。

《焚香赋》写于陆游在官时,又是偏耀辞藻的赋体,里面到底有一种飞扬华丽。几年后陆游因政见不同再次罢归山阴故里,这时再写的焚香时刻,就要朴素日常得多。有时生活好一些,写来就更快乐,"早笋渐上市,青韭初出园。老夫下箸喜,尽屏鸡与豚。幽居亦何乐,且洗两耳喧。呼儿烧柏子,悠然坐东轩"(《春晚书斋壁》),"三分带苦桧花蜜,一点无尘柏子香。鼻观舌根俱得道,悠悠谁识老龟堂"(《龟堂杂兴十首》其四);有时生活艰辛,写来情感就更复杂深沉,或许也更耐品味一些。《夏夜四首》写于庆元四年(1198)陆游七十三岁时,四首的情感都很低沉,其三云:"展转纱幮睡不成,一藤扶惫绕廊行。月升双鹊移枝宿,露下孤萤缀蔓明。汲井忽惊人已起,开门堪叹事还生。羽衣道帽从吾好,柏子烟中起磬声。"写终夜失眠后的感叹,在柏子烟与击磬声中试图寻得日常内心的平静。次年秋天的《秋怀十首末章稍自振起亦古义也》情感也很深沉,其七写焚香时刻带来的思考:"辟尘当以犀,濯缨当以水。龟堂一炷香,世念去如洗。人生天地间,太仓一稊米。哀哉不自悟,役役以至死。孰能从我游,趺坐爇柏子。夜半清磬声,悠然从定起。"犀牛角柄的拂尘可以拂去心灵的灰尘,清水可以濯净官场的污浊,而诗人世俗功名的念头,也只需炷一份香,便如洗过一般去干净了。乃醒悟人生于天地间,渺然如沧海一粟,而人且不悟,役役于名利,直至生命终结,是多么可惜的事。谁能和我一起盘腿而坐,点燃柏子,在夜半定定听一声磬击呢?

这里的柏子香和磬声一起,已全然融入被摒弃于庙堂之外的昔日士大夫的日常生活,同时包含了对于自我的宽解和不愿就此沉沦的期许。在之前之后南宋其他诗人那里,我们也看到一种更为平易的文人化生活日常,如郑刚中的"已投幽僻避尘坌,更向檐头著小门。满案韦编供白昼,一炉柏子对黄昏"(《寺前书院中寄季平》),李兼的"绿树清圆宜静昼,孤花寂寞照馀春。时拈柏子烧铜鼎,旋碾茶团瀹玉尘。在昔刍莞犹足采,独惭无用养闲身"(《晚春》),舒邦佐的"春来晴景少,昼夜已平分。寒锁花藏荟,风微水皱纹。端成空识字,谁可共论文。惟有铜炉在,时拈柏

黄昏柏子香

子焚"(《春半即事》),大致都遵循一种类似的情感与书写模范,在暇静寂寞的空气中,唯有与自然和诗书为友,于焚香碾茶的细事中寻找内心的安稳和陪伴。虽然有"独惭无用养闲身""端成空识字,谁可共论文"的无法实现其人生价值的喟叹,但总的来说仍是一种可堪忍受的清愁。[1]

六

如此,柏子香既然是一种这样容易制的香(至少直接将柏子焯水酒浸蜜封的做法看起来并不难),想要拥有它似乎便不是一件难事。也许明年秋天我可以自己做一份简单的试试看,不过,既然整颗柏子可以焚香,可不可以直接拿来烧呢?对于柏子香味的好奇又驱使我去公园树下,捡回几颗还含着一点种子的侧柏果。回到家后,我想把它们点起来,这才意识到自己的错误:火柴自然是点它们不着,就是架在烤年糕的铁丝网架上,直接放在煤气灶上用小火燃烧,也只是燃起一股滋滋的火焰。这可不是我想要

---

[1] 章辉、殷亚林的《陆游休闲哲学研究》里也提到这一点,说:"在南宋,焚香对于文士来说更多地成为一种休闲活动,而非敬神之举。从历史来看,焚香的作用最早是祭祖、敬神。后来,焚香的功用逐渐从崇拜走向休闲、养生。焚香一直是贵族生活奢侈的标志,在民间并不普遍。在宋代,尤其是南宋,由于整体经济发达,文化昌盛,焚香开始成为文人、士大夫所倡导的业余爱好。从陆游的诗歌所展现的情况来看,他显然已经将其作为一种休闲工夫。"

的熏香啊！不用说还很危险。我赶紧把火关掉，那种鳞尖尖上跳动的小小火苗，也随即几秒就熄灭下来，种鳞变作黑乎乎的。我感到气馁，想到自己作为一个乡下长大的人，竟然忘记了烧火这样简单的事。很显然，除非有一个炉膛能专门把它们放进去烧，或是有一个小小的灰堆，把它们煨在里面慢慢焖烧，否则在这样一个城市的小房子里，想要让这一点柏子燃烧起来很难。但无论哪种，都会产生很大的烟气，而不会有我想象的那种熏香的效果。香料的炮制之所以必不可少，岂不也是因为只有这样，它们才方便在室内和帐中使用吗？

这时我才忽然隐隐想起，宋代的香不是直接焚烧的，线香的出现是晚近的事，宋代尚不如此。重新翻书，果然在孟晖的《添香》里看到从唐宋至明代焚香方式的描述。其大致方法是：在小香炉中放上专为燃香精制的香灰，将燃香的小块炭墼烧透，轻轻半放入香灰，有时香灰上还要撒入可以点燃的细香煤，用纸捻将之点燃，形成微弱低温的火，以扶接炭墼不灭；然后用香灰浅埋炭墼，在香灰中戳些孔洞，以便流通氧气，再在其上放置瓷、云母、金银之类做成的薄薄的"隔火"，将合制的香丸、香饼放置隔火片上，在炭墼的火力下，慢慢烤焙出其内在的香气。

扬之水的《两宋香炉源流》中也有类似描述，只不过是直接把隔火放在半埋入香灰的炭墼上，再搁香丸、香饼发香。比较起来，用香灰浅埋住炭墼的做法更能使炭的火力隐然而持久。这和乡下过去冬天烘炭炉子的做法有些相通之处，那时候冬天天冷，衣裳也没有现在保暖，在家里做完早饭，灶下用硬柴烧出了些炭火之后，怕冷的老人和小孩就用火钳把红红的炭枝拣出来些，埋进剩着昨日冷灰的手炉里，上面再用一层炭灰盖住，最后用一根筷子把炭灰四周从底轻轻拨动一番，使之松动，让氧气进入。如此埋了一层炭的小火炉笼在手上，盖在腰前系的黑棉布罩下，可以保证一个上午的暖和。炭上如不覆灰，则炭火大而烈，很快败尽，不如覆灰后绵绵长久。考虑到焚香"火不宜猛，使香味缓蒸，氤氲开绕"（宋诩《竹屿山房杂部》卷七）的需求，似乎还是覆灰的做法更好。

也因此，古时通常做如梧桐子、鸡头米大小的香丸，或如棋子大小的香饼，以方便烘炙。焚着的香要时时看顾，"不可使目见其烟之腾拥也，微觉有焦，遂令撤下"（同上），故孟晖说古诗词中多男性文人想象女性"烧尽沉檀手自添""银鸭香焦特地添"之语。这时候再看郑刚中《焚香》诗的开头几句，"五月黄梅烂，书润幽斋湿。柏子探枯花，松脂得明粒。覆火纸灰深，古鼎孤烟立"和其他人的诗，也便更明白他们所写的焚香是怎么回事了。专为焚香而制的香炉、炭饼和合香在古代唾手可得，现在却显得十分复杂，这样的焚香方式，住在小区里的我当然是望而兴叹，无法复制。柏子香的气味我难道就闻不到了吗？

兴冲冲探索到这里，我的兴趣并不来得无缘无故。随着北方秋天的深入，空气变得寒冷，有时早上起来，外面又是灰蒙蒙的雾霾天。早上我打扫卫生，白天独自在客厅对着电脑工作，黄昏出发去接小孩放学。到了晚上，就要忙乱小孩作业，顾不上其他事了。虽是北方秋色最好的一段日子，除开周末好天气陪小孩出门以外，我很少出去，雾霾时尤其如此。不过，我其实很喜欢这段天气已经变冷而暖气还没有来的日子，这时候屋子里也有一点潮冷，却是一种完全不磨人的冷，很像南方的初冬。对于一个喜欢潮湿的南方人来说，这种冷很舒服，让人感觉清醒。就是在这样的空气中，有时会忽然想要屋子里有点气味。也许我想要的只是一种可以使人在日常空间中稍稍沉入自我的东西，它在这时候以对气味的需求表现了出来，我想起可以点香。去年朋友曾送我一小盒没写名字的盘香，我把它找出来，想要屋子里有点味道时，就拿出一片点上。盘香淡褐色，如微型秀气的蚊香，腾发出细细烟雾，在电脑旁闻着微微有一点呛人，也说不上是什么味道，只是空气里有些不同罢了。有时丈夫下班回来，香还没有燃尽，他对屋子里充满这种气味微有不满，总是嘲笑我让屋子里的PM2.5含量变得更高了。我总要反驳他，但也不想说出我这种似乎说不清的沉入自我的需要。我记得小时候家里冬

黄昏柏子香

末春初常要在门口烧灰堆,冬天用来做饭烧火的稻草堆,到这时差不多已快用完了,底下经过一冬、浸透了潮气、混杂着湿土的稻草已经发烂,把它们连土带草一并锄带过来,铺在底层,上面铺一层干稻草,再压上一层敲碎的土块,如此堆成一个火堆点燃。外面的稻草火光很快熄灭,只剩下碎泥的里层,暗红色的光隐隐闪耀着,细微的烟从缝隙中漏跑出来。这样经过一个黄昏到一个晚上,一个干燥的灰堆就烧好了,父母把烧好的灰堆再仔细用锄头敲碎,春天里我们用来点西瓜子、培大豆。那时候门口烧灰时空气里洋溢着的烟气,也使我觉得生活里仿佛有一些不同的事在发生,即使并没有什么真的不同。香是否真的帮助我沉入生活或创造中了呢?如同古人在焚香时所感受到的一样?可能也并没有。但我还是时不时想点上一点。那是我对自我有意义的行为的关注。

就在我以为我将闻不到柏子香的味道时,朋友圈里恰有朋友晒出自己买的含有柏叶的藏香,我这才想起可以去购物网站看看。这一下不但发现许多柏叶做的廉价香粉,还有柏子香的线香,甚至也有做成黄豆粒大小的柏子香丸。柏子香外,还有更多各式各样模仿古香方的香丸、香粉,以及用来发香的电熏炉,并附赠镊子、香勺诸物。走到这一步,事情似乎变得复杂了起来,我并不想让生活里充满烦琐的消遣,但那"柏子香到底是什么味道"的好奇最后还是让我买了电熏炉和柏子香丸，以及可以直接点燃的柏子线香。收到电熏炉和香的那一天，我立刻把它们拆开来试用。这个电熏炉全然模仿古人燃香的方式，正好一握的杯式香炉中间，电力发热的圆盘上置一个金属薄盘。在金属薄盘里放上三四粒柏子香丸，将温度调高，再盖上镂空的金属网盖，很快香味便在热力的烘烤下散发出来。比起有烟的线香来，香丸的确更为舒缓长清。而柏子香的香气，要如何形容呢？也便是一种植物烘烤的清气，带着一点冬日喜欢的温暖。烤了一会，香丸一面呈现出焦黑的痕迹，这时可以用镊子把它们翻一面，这就是"翻香"，苏轼《翻香令》所谓"金炉犹暖麝煤残，惜香更把宝钗翻。重闻处，余熏在，这一番、气味胜从前"。至此我拥有了自己关于柏子香的记忆，我买的这种香，其实据称是依《陈氏香谱》制成的"汴梁太一宫清远香"，是用柏铃、茅香、甘松、乳香等香料混合制成的，并非前面所说的单纯用柏子做的柏子香，《香谱》里也有以柏泥或柏铃为原料之一种，辅以其他香料制成的真全嘉瑞香、紫藤香，所以柏子香的使用，应当远比我们在诗中所见的要日常得多。特别将柏子香的名目写入诗中，本身也许就已经意味着一种不同的寄托了吧。明代李昌祺也有一首诗写到柏子香，在晚春的寂寞与潦草中带到，"白杨新叶嫩萧萧，野寺春归更寂寥。晓殿敲钟僧浴佛，鹃嵓柏子满炉烧"（《四月八日寓陕州僧舍》）。

在浴佛日的晚春，野寺的僧人只是把柏子集中起来，任由它满炉囫囵燃烧。春天结束的潦草与寂寥仿佛由此而更加深了，但与此同时，它又是那么地充满了人生的情味。正如我一面在初冬的黄昏闻着电熏炉里的柏子香，一面回忆着过去黄昏家门口燃烧灰堆时空气里烟雾缭绕的味道一样。它们更接近于一种生命的真实，仿佛是这样。

2024 年 10 月 23 日—11 月 20 日，北京

河定的银荆

认识一个春天

摄影　　　　周玮

◁ 泡桐花间的灰斑鸠

▽ 野趣盎然的地拉那大公园

早春野花榕毛茛

孔雀银莲花

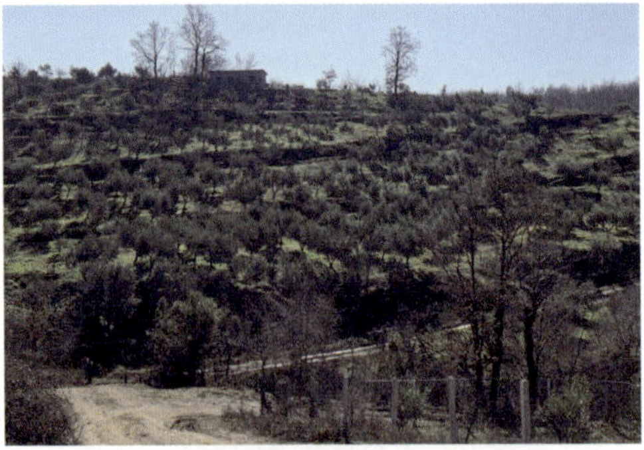
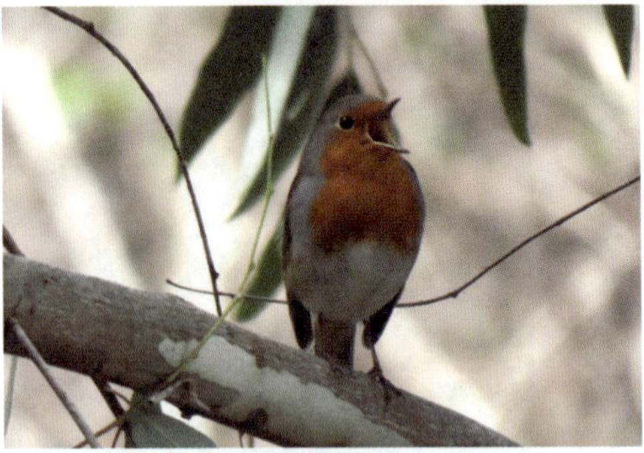
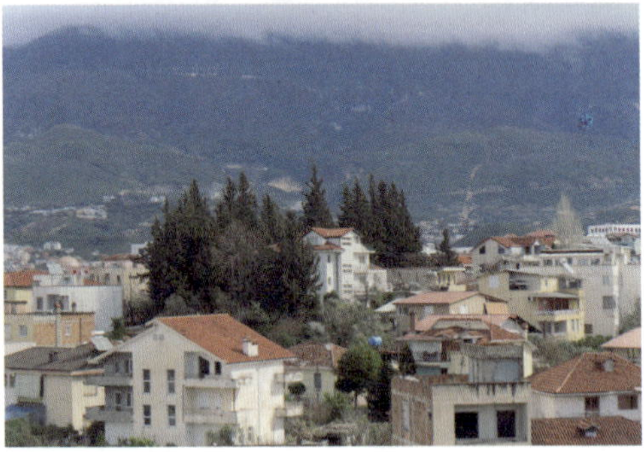

橄榄园

欧亚鸲在欢唱

地拉那的民居

盈江鸟事

摄影　　　　任宁

◁ 正在拆除盗猎鸟网的满姐

▽ 四数木上的花冠皱盔犀鸟,黄色的喉囊表示它是雄性

来吃榕果的朱鹂

含着鱼的三趾翠鸟雌鸟

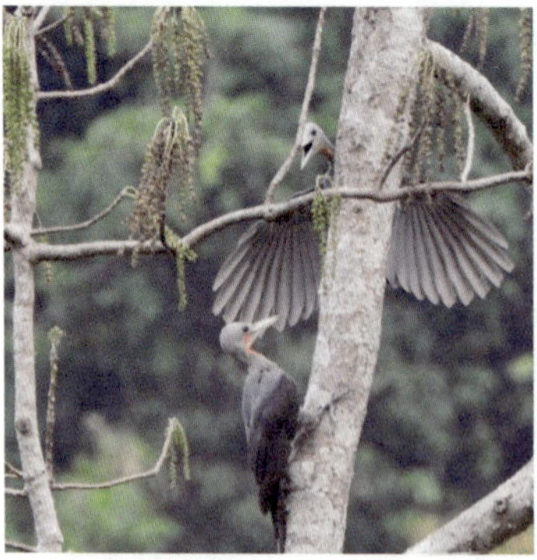
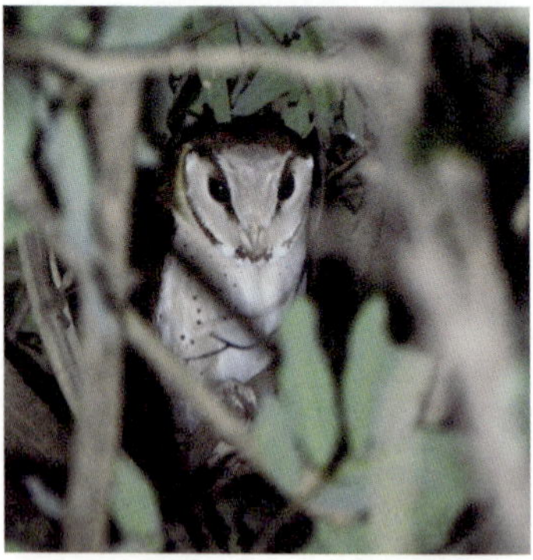
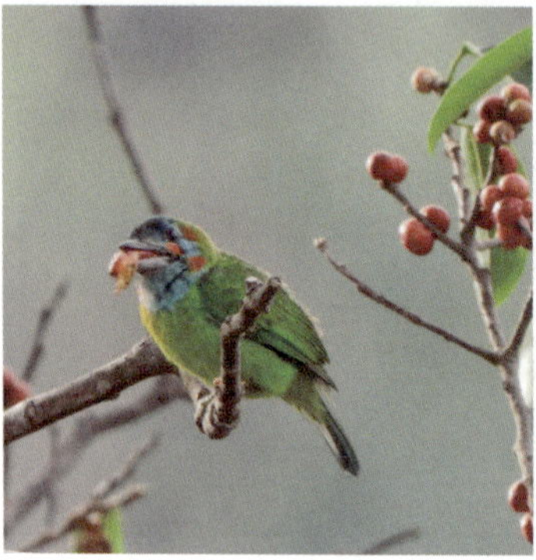
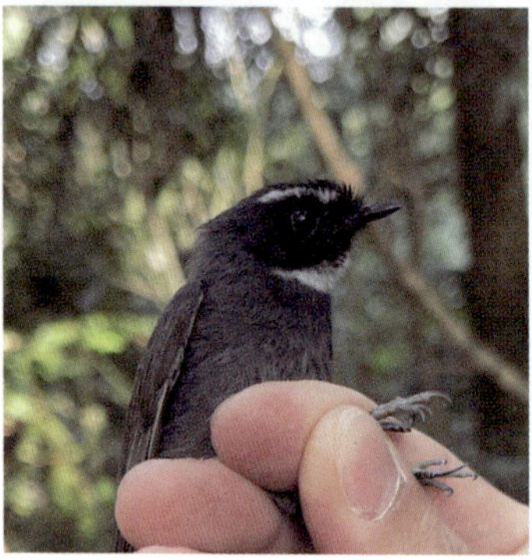

大灰啄木鸟在四数木上舞蹈，　　　　栗鸦
树上的花序表明这是一棵雌树

来吃榕果的蓝耳拟啄木鸟　　　　从网上解下来的白喉扇尾鹟

纯真的"反动"：
做真菌/地衣/苔藓/森林
是怎样一种感觉

摄影　　　安小庆

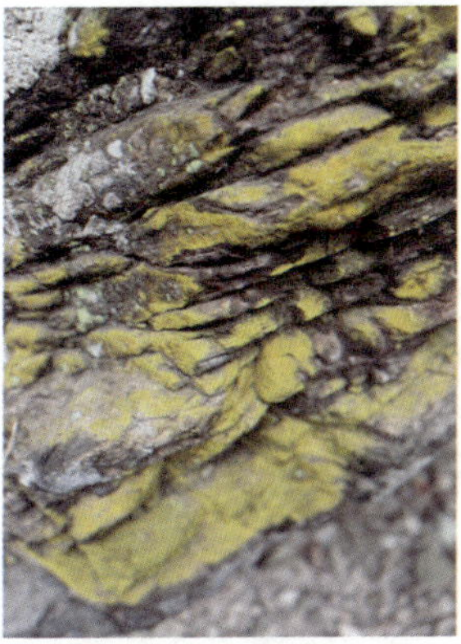
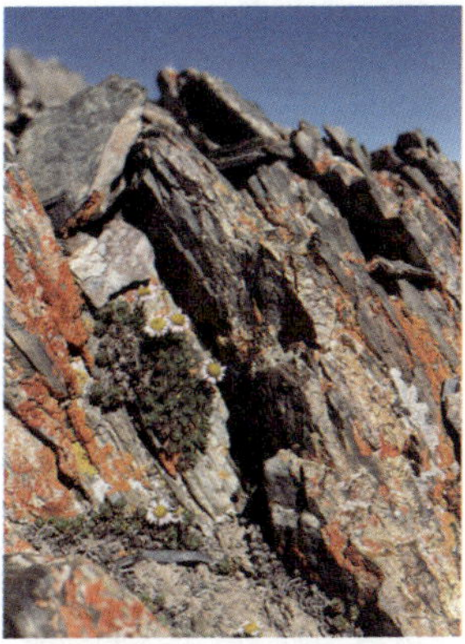
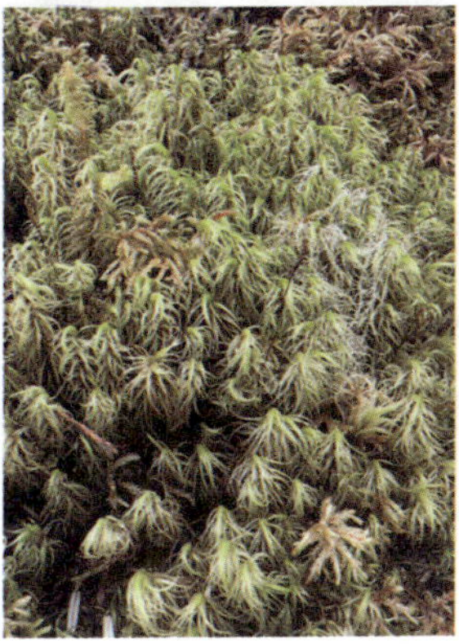
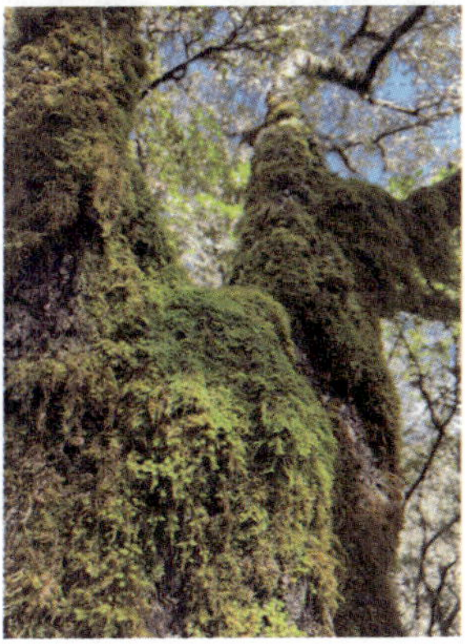

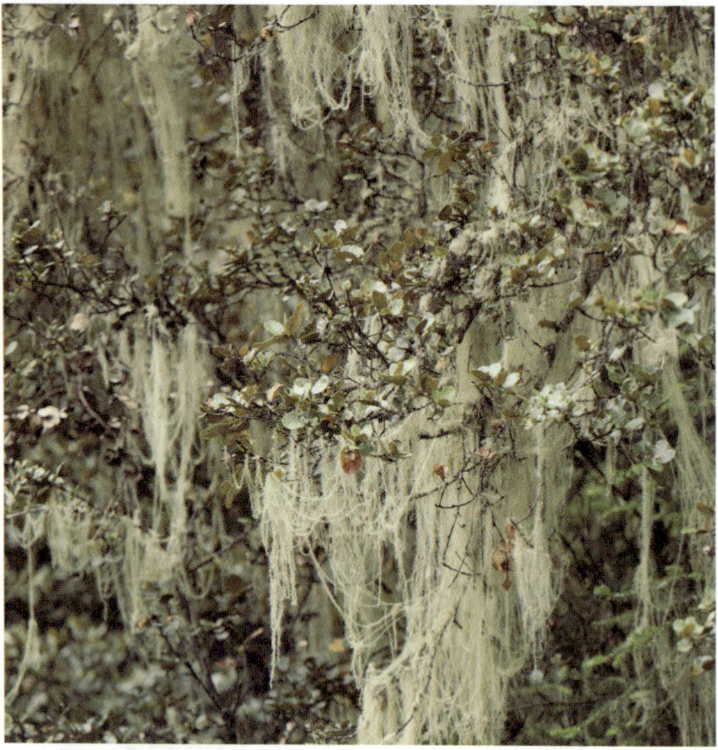

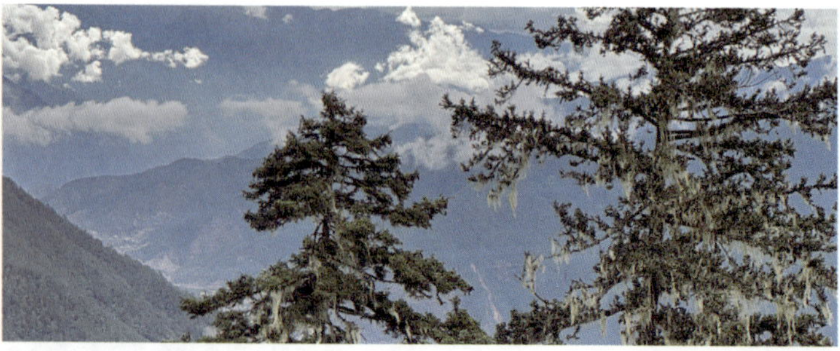

熊薇 摄

熊薇 摄

我想讲的关于水雉的故事

摄影　　　　陈创彬

◁ 菱角塘里的雌性水雉

▽ 菱角

6月的黄昏,菱角塘里的水雉

在菱角塘里饱受挫折的小䴘

终于降生的小䴘雏鸟

刚刚出生不久的水雉雏鸟,开始跟着雄鸟觅食

在干涸的菱角塘底降生的水雉雏鸟

在焦黑的菱角塘底勉力求生的水雉一家

我的伊林深水潭

摄影　　　欧阳婷

◁ 震旦鸦雀的喙很擅长撕扯开芦苇叶鞘，啄食叶鞘下密集的介壳虫或芦苇秆内的蛀茎虫

▽ 北方的冬天是由树的线条构成的，树与树又团绕环簇在一起，像一个个偎依着的大鸟巢

冬季在户外观察，黄昏遇到壮阔的晚霞，总令我深受震撼，也像是一种奖赏

月亮升到半空，鸟儿都啾鸣着回到了眼前的几块芦苇地里，这棕黄的色块就像是一个会发声的匣子

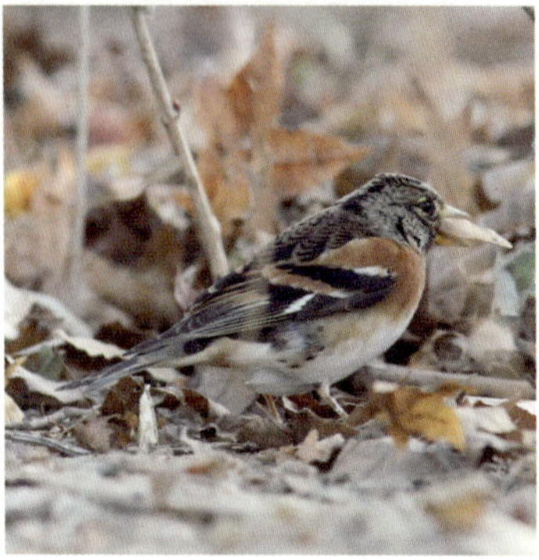
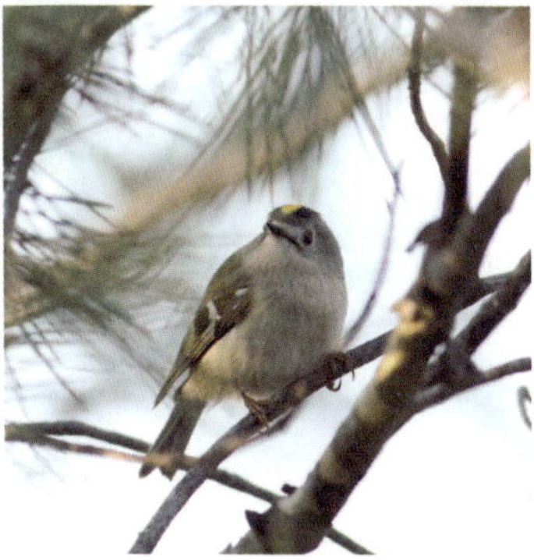
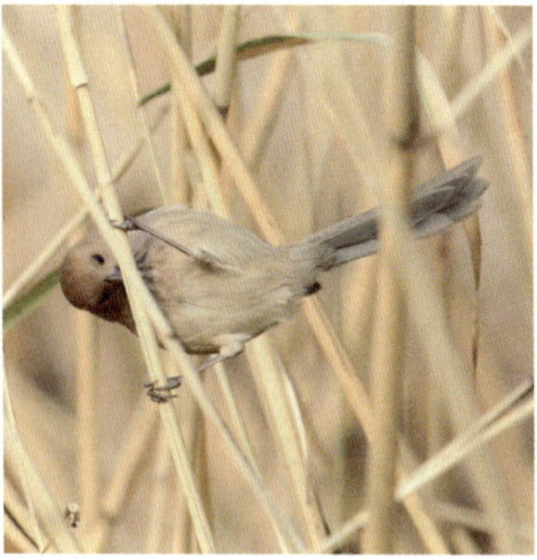
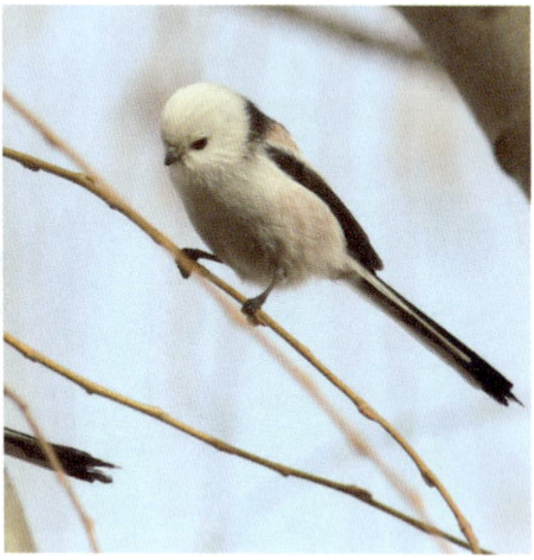

燕雀吃落在地上的元宝槭翅果,它的喙与舌头能灵活地分离翅果上的种翅,而只把种仁吞咽下去

戴菊细长的喙像一枚探针,能伸进针叶树的树皮缝隙里,很容易捕获昆虫

失去大片芦苇栖息地的棕头鸦雀,仍然奋力在稀薄的芦苇间穿行觅食

气候变化使得那一年来越冬的北长尾山雀的数量特别多

黄昏柏子香

摄影　　　　沈书枝

◁ 燃柏子香（文一 摄）

▽ 春天，刚刚长出的侧柏球果

落下的侧柏球果，
还可以看到鸟儿们嗑开的种壳

圆柏球果里包含的种子

挂在树上干枯裂开的侧柏球果，
里面展露出的种子是鸟儿的大餐

金翅雀啄食草地上的圆柏种子

灰喜鹊吞食圆柏球果

水 手 计 划

学做衣

撰文 ［马来西亚］林雪虹

母亲在她还是个查某囡仔[1]的时候曾在新加坡学做衣。那是她一生中最引以为傲的事情。仿佛一条幽微、隐秘，闪着叛逆、勇敢的光芒的道路突然出现在她面前。从此她的生活、她眼中的世界不一样了。

但她几乎没有对我们提过那段时光。她在那里过得好吗？同一寝室的女友对她友善吗？她带去的钱够不够？听说她的父亲给了她一枚金戒指。她寂寞、恐惧吗？

很难确定她是不是真的喜欢裁缝。"就是学一门手艺咯。"她曾这样对我们说。不过，当我继续追问她到底喜不喜欢成为一名裁缝时，她会不假思索地说"喜欢"，随即再次低下头，佝偻着在缝纫机前专注地干活。

毕竟她只是丹绒加弄五支[2]（丹绒加弄有什么？）的一个女孩。能从那儿去到新加坡已经是件了不起的事。

在学做衣以前，她在她二姨妈的美发厅当学徒。那是

---

[1] 闽南话，意为女孩子。
[2] 当地人会以距县府瓜拉雪兰莪多远来称一个地方，丹绒加弄在闽南语也被称作"八支"，因为它离县府瓜拉雪兰莪大约八英里。母亲回娘家时会说"回五支"。

学做衣

在马六甲的野新,她在那里住了一年多。是她的母亲央求自己的二姐收留她的。她再也不想和她的父母一起种菜了。美发厅在主街上,和未来她自己的裁缝铺一样。那是主街的第一家美发厅,很受欢迎。美发厅后来被隔成两半,新房间里有一个专为焕然一新的顾客拍照留念的摄影师(母亲在那里拍过照吗?)。

她寄居在二姨妈的家里,就在美发厅楼上,跟表姐妹们睡在一起。那似乎是一段相对快乐的时光,尽管有时候她们会嘲弄她,笑她是"乡巴佬"。她也的确是乡下来的女孩。所以她总是谨小慎微的,学会了察言观色,不怎么开口说话。

无论如何,往后的岁月里,在她成家立业后,她会经常在她的孩子面前提那些马六甲的姨妈和舅舅,每年还会给他们寄新年贺卡。我是那个替她在贺卡上写新年贺词的孩子。

不在美发厅的时候,她去斜对面的裁缝铺学做衣。她和二姨妈的四女儿阿满一起去。二姨妈替她缴学费,希望她和自己的女儿一样,能掌握一门手艺。"女孩子应该要有一门手艺",这是那个年代普遍的信念。

给女孩们传授技艺的是裁缝铺的老板。每周有三天,五六个女孩会在午后去她的裁缝铺。她们把从报纸或杂志上剪下来的服装图片拿给她看,她便教她们缝制出一样的衣服。

母亲最终没有像阿满表姐那样拍毕业照和领毕业证书。她只在裁缝铺待了半年。她也没有留在美发厅。当洗头妹洗坏了她的手指,于是她放弃了。

那接下来该做什么呢?

"我想去远一点的地方。"她对阿满说。

她坐巴士去丹绒吉宁找她们的外婆。外婆是永春人,十六岁那年从永春嫁到马六甲。她的名字是林宽。许多年前,她把她的第九个孩子辜秀玉送给了一个远亲。从此辜秀玉的新名字是王秀梅。王秀梅是我的外婆。

林宽觉得自己亏欠了女儿秀玉。于是她带着这个外孙女南下新加坡找她的二儿子。她的二儿子是高级助理警监,住在实龙岗,是个有头有脸的人物。

她们从丹绒吉宁坐巴士去新加坡。沿途她们看见一片又一片的棕榈树,一棵又一棵的椰树和芭蕉树。高脚屋影影绰绰。马路旁有小贩在卖黄梨和波罗蜜。穿越新柔长堤时,母亲兴奋吗?忐忑吗?望着那片深蓝色的柔佛海峡,她有没有想到过港[1]的河水?

母亲听说有个叫新慧服装美容女学院的地方能传授一

---

[1] 很久以前,如果要去县府瓜拉雪兰莪,丹绒加弄人得坐摆渡船过雪兰莪河河口,因此人们就直接称对岸的瓜拉雪兰莪为"过港",直到现在还会说"我们去过港吃饭"这样的话。

学做衣

点技能给像她这样的女孩。谈不上十分有抱负(也许根本就不知道何谓"野心勃勃"),但又不甘于一直过着眼下的生活,总想着要为自己闯出一条路的女孩。这样的女孩往往知道自己不想要什么。只要给她们一个机会和一点好运气,她们没准真的能成就一番事业。

丹绒加东路222号的新慧服装美容女学院。一个只接收女学生的地方。也许当时她并没有预感到那是个终将改变她命运的地方。也许经历了马六甲的生活和新加坡之行后,她的雄心壮志已经开始萌芽,她深信这个地方会为她带来力量和勇气。

这片被命名为加东或丹绒加东(马来语Tanjong Katong的音译,意为"海龟角")的居民区紧邻新加坡海峡。曾经有许多富裕的欧洲人和峇峇娘惹在那里修建别墅、庄园、酒店和俱乐部。它也被称作法达摩加纳(意大利语Fata Morgana的音译,意为"复杂蜃景"),散发着财富与梦幻的味道。

莎罗玛(英属马来亚时期的璀璨女星)曾经这样唱:

在丹绒加东,海水蔚蓝,那是挂念不再的地方。
在丹绒加东,海水清澈,那是伤心不再的地方。

母亲有见过那蔚蓝、沉默如谜的海水吗?周末她有和女友们逛街、吃饭吗？她快乐吗？

新慧如今早已不复存在，烟消云散。它的那些女学徒也在相继消亡。丹绒加东路222号已经变成嘉爵女佣介绍所。和我们乌拉港的家一样，通往二楼的楼梯也是青色的。

在母亲死后两年的某个夜晚，二姐突然在她的裁缝铺发现一个装有照片、剪贴簿、手提袋制作指南和一张1974年9月21日的《南洋商报》的白色塑料袋。泛黄的报纸上刊登了新慧服装美容女学院十九周年纪念日暨第三十八届毕业典礼的特刊。右下角有一张毕业生和教员的集体合照。是一张黑白照。女学生们穿着时髦的白色洋装。正中央有一个发型别扭的女孩，皮肤黝黑，脸又方又阔。不难看出那是个从乡下来的女孩。那就是她，我们的母亲。那年她十九岁。我们很快就认出她来了。

报纸的右上角还有院长余慧君女士的发刊词。在谈到创办该学院的宗旨时，她是这么说的：

> 本学院的宗旨是以培养妇女谋生技能，服务社会，增进家庭幸福，发扬妇女自立精神，所开设的各种服装设计及美容等班级，种类众多，注重配合社会实用为主，做到学以致用。[1]

---

[1] 此处遵照原文。

学做衣

    过了很久很久，我才意识到原来那张照片一直就在裁缝铺的墙上，就在她那镶着金框的毕业证书旁边。她把照片放大，并镶起来了。我竟然忘了它。三年前的那个夜晚，我还以为那是我们第一次相遇。

    照片中的她没有微笑。她就那样站着，双眼望着为她们照相的人。那是个男人吗？

    她从来没有告诉我她在那里的生活是什么样的。我也没问过她，尽管墙上永远挂着她的毕业证书。当我认识她的时候，她就已经是个小有所成的裁缝了。锦裳，锦裳，所有人都这么称呼她。

    看得出来她是个勤奋的学生。从她的剪贴簿就能看出来了。它们使我想起幼时珍爱的纸片娃娃。封面和封底都印着宛若芭比娃娃的金发女郎，穿着漂亮的洋装，落落大方，淡淡地笑着。忽然之间她们就走进了剪贴簿里。母亲沿着她们的轮廓小心翼翼地把她们剪下来，贴在剪贴簿里，然后画下那些衣服的裁剪图。

    那是我永远不会懂得的东西。雨伞袖。波浪领。茅草针法。花帽制作法。她小心翼翼地写着、画着，真心实意地相信将来它们一定会派上用场。她立志做一个现代女性。未来她是要以此谋生的，这可不是过家家。

    就像她们的院长说的那样，她果然学以致用，成为一名裁缝。很快她还有了自己的裁缝铺，就在我们丫曳镇的主街上。她搬到那里是因为好不容易才有相熟的一两个朋友。应该能站稳脚跟吧,也许她曾这样想。

不管搬到哪儿,她都把那张毕业照和毕业证书挂在墙上。后来挂在墙上的还有我们的大学毕业照和我们在故宫博物院的合影。她一遍又一遍地向好奇的顾客介绍她的孩子,用浅显的马来语解释她的孩子念什么专业,还有毕业后都在做什么。

我记得她在丫曳镇主街40号的裁缝铺。我的童年是在那里度过的。裁缝铺在前厅,后面是我们的家——狭小的客厅、卧室、厨房、带有瓷砖浴池的浴室和厕所。我们家在二楼,楼下是金华百货商店,楼上是房东张先生的家。除了裁缝铺,前厅还有两个房间,分别租给了录影带出租店和印刷作坊的办公室。屋里每天都热热闹闹的。

不下楼玩的话,孩子们就在裁缝铺里待着。什么都能玩,纽扣、画粉、布用复写纸、点线器。二姐喜欢为我们的洋娃娃做新衣裳。我常常模仿母亲用皮尺给人量身,在她的量身簿上乱写一通。

有时候我躲在她和父亲的房间里。我盯着世界地图册扉页上的那颗地球,一会儿又害怕极了,匆匆把书合上。很快我又把书打开。打开,合上,打开。厌倦了,我就穿柜子里的泳衣和那条粉色雪纺礼服裙。她还有一顶滑稽的遮阳花帽。这些衣服散发着时间和樟脑丸的味道,安静、

学做衣

柔软，透着一股温存的凉意。那都是她亲手为自己缝制的衣服，不过我从来没见她穿它们。她穿的是各种洋装和衬衫，带印花、波点或几何图形，也是她为自己缝制的。

那是最好的时光了。裁缝铺挂满了衣服，她还雇用了两三个女工。女工阿花就睡在我们姐妹仨的房间里。她允许我们抹她的雪花膏，还教我们用透明胶带制作双眼皮贴。

阿花后来离开我们的家，搬到吉隆坡了。她结婚了，就像其他女工那样。结婚后，她们都留在家里一边做家务，一边接外面的缝纫活。

马来女孩和印度女孩来裁缝铺学裁缝。她收了很多女学徒，人来人往。我记得那些女孩的脸。诺尔。苏西拉。普蒂。米娜。女孩们在午餐后来，在晚餐前离去。她们在缝纫机前或裁剪台边喝下午茶，吃炸香蕉，喝冰拉茶或汽水。那个时候苏西拉会看我收集的明星沙龙照。她疯狂迷恋温兆伦，渴望嫁一个又高又英俊的华人男子。礼拜天午后，我们会上皇家山，在观景台吃雪糕和喂银叶猴花生，一起站在废弃的加农炮台旁照相。

母亲给女孩们发从印刷厂定制的毕业证书。和新慧颁发给她的毕业证书一样，那是中英双语的毕业证书，下面也有院长的签名。学员必须通过考试才能毕业。她让二姐替她填写学员姓名、年龄及参加考试的日期，然后她签下自己的名字。

她为她的裁缝铺命名为锦裳裁剪女学院。她梦想她的裁缝铺像新慧服装美容女学院那样。

许多个忧伤、苦闷的午后,我坐在床上凝视那空洞的白窗帘,任由自己陷入对丫曳镇的回忆之中。母亲的裁缝铺就在那里,在那条热闹的主街上,我缓缓向它走去。

我看见一个短发女孩,一个还算聪明(母亲总说那叫"鬼精")和有点固执的女孩,正紧紧依偎着她的妈妈,躲在妈妈的背后。一个蹬着黑皮鞋、皮肤黝黑、牙齿有点突的男人笑吟吟地看着小女孩。

"做二伯的干女儿吧,跟二伯回家。"男人说。

"要不要做二伯的干女儿?"小女孩的妈妈也微笑着说道。

女孩背对着的墙上有一张海报。海报上有一个穿着抹胸式泳衣和纱笼的长发女郎。女郎后面有一座大瀑布,天空阴郁,周围墨绿色的山使瀑布看起来愈发汹涌和白花花。那是个散发着亚马孙雨林气息的地方,神秘、潮湿,暗流涌动。

这是什么地方?她为什么在那儿?女孩经常这样问。

眼前的一切和背后的雨林都令女孩感到恍惚又迷惑。

裁缝铺还有其他不速之客。一个印度哑巴男孩突然上楼来。很快女孩便和他成为朋友,妈妈允许他们在裁缝铺旁边的小房间里玩。女孩当小老师，教男孩写英文字母，教他做从学校学来的健身操。

她试图让他发出声音。"啊"，她张大嘴。他的舌头上有一个小白点，她立即相信就是那个小东西导致他说不了话的。

还有一个可怜的印度男孩。他被妈妈牵上楼时哭得地动山摇。他的生殖器被短裤的拉链咬住不放。最终妈妈用蜡烛和剪刀把那小东西给解放了。女孩站在旁边，不动声色地偷瞄男孩气鼓鼓的生殖器。

推销员会猝不及防地上楼推销各种商品。曲奇、袜子、电子手表、饮水机。一个盲人拄着拐杖上来推销钢笔。旋转式钢笔躺在一个精致的黑色天鹅绒盒子里。一支十元。妈妈爽快地将它买下，送给了女孩。她没有零钱，只有一张五十元纸币。那个瞎眼的男人突然睁开他的左眼，迅速地眨了眨，主动提出要替她下楼换零钱。那支钢笔是女孩很长一段时间的心头好，她用它来冒充爸爸签名和在哑巴男孩的作业簿上写字。

缝纫用品供应商的销售员每个月末都会来。那个男人拎着一个黑色的公文包，里面有货单、收据、名片及各种样品。他送给了妈妈一张用硬纸板做的缝纫线色卡，很漂亮，总是令女孩啧啧称奇，因为她从来没有见过那么多种颜色。

下个月销售员就会拎着妈妈预订的东西上楼了。

动物也会不请自来。一只跛脚的白狗上来讨食物。夜里黑猫会在楼下徘徊，然后"嗖"的一下穿过铁门，悄无声息地在屋里游荡。

一只棕白相间的母猫在裁缝铺的衣橱里生下了一窝猫仔。小猫咪藏在一袋碎布里，爸爸小心翼翼地把它们一只只抱出来。

有段时间女孩的妈妈也推销东西。她加入了安利，在那堆给顾客看的时装杂志里放了本安利产品目录。那是女孩的童年读物，她来回翻看它，想象他们的家也能拥有那些实用、美好、令人感到踏实的东西。

她们自己买了黄油曲奇、动物造型的维他命C、洗衣液及蜂皇浆。蜂皇浆是妈妈的，偶尔她会允许女孩吃一小袋，或者会故意剩下一点，让女孩涂在脸上。那时候女孩总渴望像个女人那样护肤和化妆。

深夜的厨房时光是最亲密无间的。那个时候妈妈已经结束工作，从裁缝铺走出来。她来到厨房，把在电子砂煲里炖了很久的猪心汤取出来，倒一小碗给女孩，自己喝汤盅里的。母女俩坐在餐桌边喝汤。"我们的心脏没有力，喝了猪心汤就会好了。"妈妈对女孩说。

学做衣

女孩记得的还有冰激凌苏打汽水[1]。在那些光景比较好的年月，到了晚上八九点钟，女孩会和弟弟下楼买小吃解馋。肉干面包、炸鸡和薯条、抹了黄油和盐的煮玉米。妈妈会叫他们去敬群茶餐室买冰激凌苏打汽水。她一边车衣，一边喝加了很多冰块的汽水。

在外婆的葬礼上，妈妈说起小时候她们俩吃冰丸的时光。那是清苦、惨淡的日子，她们指望甜丝丝的冰丸能带来一点慰藉。外婆说吃了冰丸，一切都会好起来的。

在主街40号的裁缝铺生下第五个孩子后不久，突然有一天，房东张先生说我们不能继续住在那里了。他把他的房子卖给金华百货商店的张老板了。挂电话后，母亲抽泣了一会儿，很快就离开房间，回到她的裁缝铺。

我们搬到了对面的拉马丹杂货店楼上。仿佛是一夜之间就搬过去的。我抱着妹妹站在楼下，看着所有人进进出出，上上下下，把一件又一件的东西从这里搬到那里。我对妹妹说我们要搬家了，她咿咿呀呀地，不知道有没有听懂。

我们的卧室就在前厅，和裁缝铺在一起。一睡醒就能看到她的那些顾客，去哪儿都得穿过裁缝铺，忍受各种目

---

[1] 小时候流行的汽水F&N Ice Cream Soda。

光和闲言碎语。她倒是看起来很自在。没什么大不了的。

她不卖安利的产品了。裁缝铺的墙上挂了许多印着"New York"或"London"的T恤衫，都是父亲从公司拿回来的。我们卖那些T恤衫，偶尔自己也穿一两件喜欢的。那阵子父亲在成衣厂当司机，除了带回来T恤衫，老板还允许他把面包车开回来。我们坐在车厢里，父亲载我们往返于阳光花园的房子和裁缝铺。我不敢让朋友知道车厢里并没有座椅。

后来我在乌拉港的家里发现了一张摄于拉马丹杂货店楼上的照片。和其他照片不同，这张照片的左下角显示了照相的时间。96 6 3。我马上计算她当时的年龄。1996年，她四十一岁，和现在的我一样。照片中的她戴着银框眼镜，蓄着短发，是记忆中她的样子。两岁的妹妹坐在缝纫机的台板上，和她一起看向镜头。想到那个时候的她已经是五个孩子的母亲，已经当了二十二年的裁缝，我暗暗吃了一惊。

那一年我们离开了拉马丹杂货店，也彻底离开了丫曳镇。父亲继承了祖父的遗产，在乌拉港买了一间双层店屋。从此我们再也不用搬家了。母亲很宽慰，因为她终于不用为租金烦恼了，尽管她仍然需要独自一人偿还阳光花园的房屋贷款。

我们的街区很荒凉。整座美拉花蒂镇没有几个人，树也还没长起来，新房子就这样曝晒在太阳底下。她在这里就像个拓荒者。离开丫曳镇以前，她拼命地给顾客分发新名片，告诉他们锦裳要搬到十九公里以外的乌拉港了。乌拉港比丫曳镇大多了。她能像在丫曳镇那样站稳脚跟吗？

没有人上门。有几个月的时间，她的丈夫甚至不在她身边。他到外坡做生意了，和他的姐姐、姐夫一起经营咖啡店。她变得有点暴躁和不安。她感到举步维艰，在这里连买菜都有点困难。她不会开车，附近还没有菜市场，她只能等卖菜车来。那段日子餐桌上常常出现芹菜和豆干。猪肉得等二姐从丫曳镇带回来，她在丫曳镇的典当行上班，偶尔会有时间到菜市场买肉。

"一定可以的，没理由不可以的。"我记得她的这句话。她在我们位于金台西路的房子里对我说过这句话。那时候我是个家庭教师，经常出入于中产阶级家庭的房子。她认为我不应该这样到处跑，应该在客厅里摆一张桌子和几把椅子，等学生上门来。

还有一次是在吉隆坡医院里。我们在病房里等待护士。她即将接受她的第一次化疗。"我一定会挨过去的，一定可以的，没理由不可以的。"她对我说。

她的确总是有办法。她是个自尊又自强的女性。她能够隐忍一切悲伤与痛苦。或者说事情远远还没到最糟糕的地步。突然有一天，裁缝铺又热闹起来了。老顾客回来了，新顾客在往后的日子里也成了忠实的老朋友。她还恢复收学徒了。

午后，淡紫色的印花帘子会被拉上，把裁缝铺和我们的客厅、卧室分隔开来。只有为了上卫生间和喝下午茶，她才会从帘子后面走出来。裁缝铺里有电视机和冰箱，还有两台冷气机。孩子们放学后就在那里消磨时光。看到我们吃零食，她也会想吃。她最喜欢的是宝宝牌鱼豆饼。

当她的丈夫不再出外工作时，那种孤军奋战的感觉便越来越强烈。孩子们长大了，他们需要更多的钱。于是她越做越多，越做越晚。斋戒月是最忙碌的，光景好的时候，所有人都得帮忙做点事。熨布，扫地，收钱，打包衣服。

"如果我不赚钱，我们吃什么？"当父亲讽刺她"人为财死，鸟为食亡"时，她这样反驳道。

她是当着我的面说这句话的。她哪儿敢这样对他说话呢？

我和她曾经为了钱而闹别扭。那时我在上大学先修班，却一心想着要去中国留学。我渴望逃离乌拉港，日日夜夜都想着要离开。我要去远一点的地方，就像从前的她那样。我能走得更远。

我把忘了从哪儿得到的厦门大学的招生手册拿到裁缝铺给她看。那几天我一直缠着她说去中国留学这件事。她抬起头，不耐烦地甩开我手中的手册。

"别吵了！哪有这么多钱？"她大声说道。

我在四年后终于来到中国。眼下我害怕的是再也无法离开这里。我从来没有告诉她我的处境有多窘迫。就像她在丹绒加东路的生活于我那样，也许我的生活对她来说也是难以理解或捉摸不透的。

她在新加坡的经历永远是一个谜。

我原以为我能知道更多，以为有人会告诉我关于她的一切。

未竟的路*

撰文　芮兰馨

---

* 本文基于作者2023年的路途,所引用的口述内容来自作者在2021—2024年进行的西南铁路工人采访工作。

过去的真实图景就像是过眼烟云,它唯有作为在能被人认识到的瞬间闪现出来而又一去不复返的意象才能被捕获。

——瓦尔特·本雅明《历史哲学论纲》(1940)[1]

谁的呼吸声?

与许多目的地一样,这里也是地图上没有名字的地方。我在一片没有规划痕迹的城郊处打转,直到这个圈越来越小,层叠的树丛中透出了一片红砖外墙。顺着往里的路,两旁长得没了形状的青杉东倒西歪靠在一起,但还能看出曾经整齐栽种过的痕迹。路的尽头出现了一片山坡,脚下隐现着石板搭出的小径,潮湿的泥土混杂着青苔和枯叶,我踩着它们继续往前。这片树林看起来不算太老,但不知道从哪钻出的藤蔓爬满了它们,树林被沉沉压着,头顶上

---

[1] [德]瓦尔特·本雅明:《历史哲学论纲》,张旭东译,《文艺理论研究》,1997年4月。原文题为 "Thesis on the Philosophy of History",载于 *New Rundscan*, 61, 3, 1950。

几乎透不出光。

外公去世后,我开始四处寻找和他一样、六十年前去凉山修铁路的人,想知道他在那里的几年到底还发生了什么。我的记忆里,外公总说起一些重复的故事,很多都是凉山那些年的碎片。也许由于大半生都在流动,年老后他不愿再出门,多数时候,都与那些循环的记忆和慢性病痛待在房间。外公的头上有一道疤痕,它像是一条凹陷的沟壑,从额头上方延伸向后。也许由于小时候总盯着看,那道伤口在我心里的尺寸比实际要大很多。外婆说那伤是在凉山留下的,他的左耳也在那被打坏了,听不见声音。跟他说话时,总要像叫醒一个沉睡的人那样用力。

这几年,我见到了几十位在西南修过铁路的老人。这些曾经的工人,有些回到了家乡,更多的散布在不同省份的铁路基地。20世纪80年代开始,铁路单位在各地修铁路时,也会修建工人居住和生活的驻地。铁路修通后,单位搬迁到下一个地点继续修建,一些职工和家属就在当地留了下来。我去过的一些铁路基地,多数都只剩下一些老人,他们说着和院子外不同的西南方言,生活在铁路线附近,和当地没什么关系。如今,这些大大小小的"飞地"正在迅速凋敝。有老人跟我说,他们去世后,这种地方应该就彻底消失了。

根据大致定位,我推测目的地应该就是卫星地图上的这块方形区域，四周围着一些小厂房。按之前查到的信息来看，这里应该早已废弃了。我从去年在贵阳见到的一位杨姓老人那听说的这个地方。四十多年前，他曾到这看望一位同乡工友，如今他已近九十，那位友人的生命则停在了那年。

不知道还要走多久，见到什么才算找到了呢？过去几年，跟随逐渐积累的口述内容，我总在反复找寻的路上，有时候对象是人，有时候只是近乎荒废的地方。一开始，我只是想填补外公故事里的空白，随着见到的人越来越多，这些讲述交织成了一张大网，顺着这张网，我在这路上越走越远。每次产生交集，我们就像一起短暂触碰了一下那个好像只能称之为"历史"的庞然大物的皮肤，但我看不到这巨兽的模样。最终要找的究竟是什么呢？看不清面貌的对象始终被裹在一片迷雾中。只是这条路越走下去，我越感觉到，那雾气好像并不是屏障，倒像庇护着一些尚未被瓜分完的什么。它们像是以废墟的模样伪装着自己，以此能够继续存在下去。

穿过林子，两栋白色砖片外墙的板楼出现在眼前。一共五层，一排排黄色的木质窗框上留着玻璃的残片，往里看进去，每个窗洞后都是一团灰蒙的房间。楼房前是一个集体主义时期单位常有的环形花坛，里面涌出几丛枯萎的棕榈叶，茂盛的野草和藤条爬满花坛，钻进了楼里。面前敞着一个个破洞的楼房像一个空洞的笼子，上面有些废墟

未竟的路

探险者们留下的恐怖字眼涂鸦，穿堂风挟着楼房内部的气息从门洞里扑来，一阵阵腐坏的味道。

钻入大楼，水磨石地面上，四处散落着玻璃碴、破旧衣物、医药用品残留、多年前的报纸。走廊入口的地上，有一块掉落的生锈门牌，上面刻着"矽肺科病房"。门牌上还有一个熟悉的标志，一个"人"字半圆环抱着下面的"工"。我一眼就认出了它，这个铁路单位的标志在我长大的情景中反复出现过。这是所修建于20世纪60年代的矽肺病医院，用于为当时因修铁路患了矽肺病的工人提供最后疗养。

在杨工的印象里，到了这里的人还算"幸运"，有一些工人没来得及确诊就去世了。最初来这里治疗的，是新中国成立后第一批铁路工人，他们经历过几乎重叠的轨迹——1950年，先在川渝之间修路，三年后，又把铁轨从成都铺向陕西。这条通往北方的铁路所经之地，密布着构造复杂的山脉，没有机械，他们靠着肉身，徒手挖出一个个隧道。之后十多年间，去凉山修了成昆铁路的人也陆续住了进来。[1]

---

[1] 1949年后中国西南地区修建了三条铁路线。"成渝铁路"修建于1950年至1952年，是新中国成立后修建的第一条铁路，最初构想以及局部开建于清末、民国时期；1953年，成都至宝鸡的"宝成铁路"动工，1958年通车，所经山区线路占全线的近80%；"成昆铁路"是三线建设时期最为重要的线路，1958年开始动工，由于各种原因中断数次，1964年正式兴建，1970年通车。官方记录"成昆铁路"的死亡工人为两千余人。

矽肺，1964年，杨工刚到凉山时知道的这个病。工地上有一些比他大二三十岁的老师傅，从民国时期就开始修铁路了。有些老工人咳嗽得厉害，尽管当时没办法确诊，但大家都知道是这个病，情况很坏的只能回老家，听说熬不了多久就去世了，症状尚轻的会留在工地上转做一些非体力工作，能最后再拿几年工钱。

杨工来医院看望友人时，见到年纪还轻的同乡胳膊上有一道道血痕，那是最后的日子里，他由于过度痛苦自己抓出来的。杨工50年代就开始修铁路，退休后回到了贵阳老家。我惊讶于他的记性之好，能够随口说出半个世纪前某月某日发生的事情。杨工是铁道学校出来的技术员，50年代修完宝成铁路后，在凉山做的体力劳动不多，但也需要常常在工地上处理技术问题。我见到他时，他的精神还算好，但这些年他怀疑自己的肺上也有石头，"我们多少都有"。

我隐约记得，小时候就听说过这个病，母亲同单位友人的父亲也死于矽肺。与很多铁路工人一样，她的父亲从50年代开始修铁路，打了二十多年隧道，跨越了好几个省份，不知道这些石头什么时候爬满了父亲的肺。后来，我见到了这位刚退休的二代铁路职工，她告诉我，为了拿到工伤赔偿，家人只能答应开胸验肺。于是在还没成年时，她见到了父亲的肺，在她的记忆里，那就像是一块石头。

在搜索出来的信息里,"矽"是一种表面带着灰蓝色金属光泽的矿物晶体,来自地壳中石英之类的物质。打隧道时,它就夹杂在风钻机飘散出的山石粉尘中,随着每一次呼吸,进入工人的身体。对于矽肺病,我的理解只停留在这些认知层面。但后来,我总是无法回避地想起杨工对它的描述。他回忆起,当年在工地,离得了矽肺的工人近一些说话时,会闻到一种腐烂的气味。当我走进这座已成废墟的楼房,那些讲述记忆的语言变得具象,我想象人的身体从内部开始逐渐被损毁,就像这里弥漫着的气息。

杨工还记得,那年刚到凉山不久,有位工友第一次进洞,不到两个小时就因密闭带来的恐慌晕厥过去。要在缺氧和黑暗的空间里高强度劳动,谁都得适应一段时间。洞子打得越深,流动的空气就越少,微光里的粉尘像烟雾一样悬浮着,不过大家是顾不上注意这些的,每天向洞内推进的长度都在紧张的计划中。那些洞中的身体,也成了一个个敞开的孔洞,来自地壳的粉尘慢慢填塞着他们。如今,那片山地已被几百个隧道洞穿过,向外部敞开,而身体里带着异乡矿粉又流动了数年的那些人,几乎都已经不在了。

在只有废弃物的房间和通道里穿行一会儿后,我爬上了楼顶。四周望去都是树林,我使劲吸了一大口气,感觉胸腔里总算有了些活着的气体。天台有一条廊亭,顶上垂着一些枯藤枝，下面是两排石凳。我眼前填补着空缺的画面——在尚且能够下床的时候，他们来到天光下，在石凳上坐着，或者缓缓走动一会儿。眼前的空荡像在对我说，将要死去的已经死去了，这里只是一个巨大的空墓碑。

停滞的空气被一阵风突然搅动起来，耳边的气流像是微弱的呼吸声。这声音是谁的？他们从哪里来？

家乡

东部往四川的高铁列车上，那些谜语般的线索又在我脑子里搅动起来。三年前的冬末，我握着外公的手，那皮肤像蝉翼般，轻附在因痛苦蜷成一团的肉身表面。我的手指僵硬，不敢在这层薄脆的皮肤上压上一点力，好像一不小心就会撕开一道口子，它暂时包裹着的仅有的一丝活的气息就会消逝。那个傍晚，窗外乌青的云围向屋子，我握着一个人的最后时刻，凝聚所有的念头，使劲想理解最后的话。

外公没有坐过高铁。二十三岁，他离开老家去凉山修成昆铁路，之后的四十年间，他一直流离在全国各个地方修路。70年代，从凉山转去贵州继续修路，后来，又在武汉钢铁厂修铁路支线。80年代，他还当过几年巴西老板的工人，在伊拉克修高速公路。晚年，他和外婆生活在武昌的铁路片区,单位的家属房分配在这里。小时候的春节,妈妈会带我坐一夜火车从湖南去武汉。从武昌火车站穿过一小截地下通道,就到了那片红砖房。记忆里,那里住着很多和外公外婆一样说西南话的人,谁都认识谁。

此时,车厢的窗户像是一块块屏幕,隔开湿热的空气,沉默地播放着窗外的风景。芭蕉叶一簇簇摊开在轨道边,速度把它们拉出一道模糊的色块,更远处的山头是一座座新鲜而明亮的绿。与这明亮很不同,印象里的西南山地总是偏冷的深蓝绿色,阴雨天就糊成黑蓝一片。

密闭的车厢让人反复昏沉。我闭眼回想这几天在广东见到的一位铁路工人,在凉山时,他就在外公所在工点附近打隧道。他描述1964年第一次进凉山的印象:"我们走的是筑路队50年代挖出的土路,路很窄,两边都是大山,像刀子劈出来的,汽车只送到了县城,我们沿着大渡河走,那水吓人得很,峡谷里都是轰隆隆的声音……"

我从昏睡中惊醒时,前方条幕里显示的数字已经接近每小时300公里。这速度把车厢外的时空压缩,睡两觉就到了高耸的山区。我见到的好几位工人,都跟我说起初进凉山时,险峻地貌带来的恐惧。这一年,我在成都到凉山的路上往返了许多趟,但隔着玻璃,身体在车厢这边,感受不到那种恐惧,也听不到大渡河在山谷里撞击出的声音。

这次的目的地是这位工人的家乡。他已经在那个广东小城的铁路基地生活了几十年，因为年老难有机会再回到四川。从他那我得知，他老家的村里还住着一位当年的工友。

我在夜里抵达了这座川东县城。此时的风终于褪去热气，我趴在桥底的护栏上，长江沿岸，密布的灯光从高楼外墙蔓延到水里。这座因修建三峡水利工程被淹没的老城，已经沉在长江底部。附近的移民纪念馆里，档案和数字陈列着这片土地的迁徙叙事。讲述的结尾，总是一种关于希望的未来，它提醒着人们过去与未来的绝对划分。在这样笃定的线性时间里，一切都已经结束很久了。

变换颜色的水面仍然在吸收我的目光。沉没的过去与此刻逐渐重叠：江水下一百七十米，六十年前，二十岁，他与公社的三位同乡一起，从四十公里外的村庄走到这水下的码头，搭上了去往重庆的渡轮，此后没有再回到老家生活。

第二天，我坐班车从县城去村里，路边倒着成片的树。身边的村民抱怨道，前段时间村里说是要退林还耕，可除了留守的老人和小孩，村里几乎没有人了。大家都发愁谁能来耕种这些土地。关于去凉山前的那几年，外公的记忆似乎都跟饥饿有关。后来，外公所在的绵阳一所学校停工，农村户籍都得回老家公社，城市户口的外婆也只能一起回去劳动。虽然作物不如平坝的村子充裕，家里的地原本也

未竟的路

是够吃的,但按一家九口人来算,还是凑不够公粮,外婆落下了好几处过劳导致的顽疾。

这些记忆以编年顺序罗列在一个文档里。这三年,我收集到的文档越来越多,都关于当年去凉山修过铁路的人。我以姓名给这些档案命名,逐渐地,这些名字之间的交汇处也越来越多:1958年,在码头背运货物;1961年,原本有工作的人回到原籍村里;1964年,他们挤在闷热的车厢里,火车往凉山方向驶去……[1] 关于那个年代,这些叙事并不少见,可越熟悉这些档案,我越意识到它们渐渐变得像一份简要说明,让人一遍遍熟悉苦难的样貌,直到其变得平滑,闭合成同一种声音……它们似乎只能以这样的方式作结,我不知道自己还能在这些语言下面触碰到什么。

一小时路程,小巴车停在了一座桥头,一位身材矮小的老人在站牌下对我挥手。二十年前,村里回来了几位铁路工人,现在只剩他了。老人带我走过石桥,跟我聊起这古村的故事,小时候去县里读书时,他每天都要路过这。桥头并着两三座老砖房,吊脚插在江岸的土坡里。老人指向了屋墙上的一片洞眼,"我们这里的武斗凶噢,机枪大炮

---

[1] 成昆铁路全线长1083公里,隧道和桥梁总长约占了全线40%。铁路由川西平原逆大渡河、牛日河而上,穿越海拔2280米的沙马拉达隧道后,沿孙水河、安宁河、雅砻江,下至金沙江河谷;再溯龙川江上行至海拔1900米左右的滇中高原。

都有，打乱了后都不晓得哪个在打哪个"。这些话让我想起外公从前说起的事，那个时候，他应该还被困在凉山的混乱中。

我们经过一片片田地，老人一路介绍自己栽种的作物，成熟的玉米们沉沉坠着。屋子里闷热昏暗，但收拾得整洁，墙角堆着几麻袋洋芋、干苞谷，一只花斑小狗躺在门边。老人早上刚在地里干完活，穿着件泛黄的白色背心，脖颈皮肤堆着薄薄的褶皱。应该是每日做农活的缘故，看得出他的手臂仍然有力，手掌有泛黄的茧珠。

老人的女儿在广东的铁路工地，难得回来一次，小儿子十多年前在工地上意外死亡。墙上挂着三幅黑白遗像，父母和亡妻的脸对着门外的玉米地。六十年前，他们都住在这间老屋，直到铁路单位来村里招工。听了我的来意后，老人说起当年离家的状况。村里当时出去的人都差不多，也就是去外面寻个活路，其实做什么都一样。

熟悉的口音让我眼前层叠出另一张脸：鼻梁高耸，上面有灰暗的斑点，眼角和嘴角垂着相同的弧度，浓密粗硬的灰白眉毛在尾部杂乱散开，眼睛上搭着厚厚的褶皱。外公走后，我随身带着一张他年轻时的黑白寸照。那是他离家之前的脸，眉毛粗黑张扬，下面紧贴着尚未黯淡的眼神。

未竟的路

    讲述从老人的童年到了1964年，那年三线建设[1]骤然开始。春天，县城里响起许多和战争相关的声音，喇叭声、议论声，有穿着军绿色工装的人来动员招工；后来他们到了重庆，礼堂中也每日激荡着阵阵口号，里面有一些他听过的国家，美国、印度、越南……他最熟悉的是苏联。

    "战争要来了。"[2]战争怎么又要来了？出生那一年，他所在的这座码头县城，曾遭受过日军的惨烈轰炸，但儿时记忆里，他并没有见过战争的模样。他从招工的人那知道，要去修铁路的地方在大凉山。中学辍学前，他在地理课上知道的这个名字，挨着云南，是彝族人居住的地方，其他就一概不知了。当时，他只是庆幸总算有去外面的路了，有活路了，但不知道接下来的四十多年，自己都无法再回到这里生活。在凉山的第三年，带着母亲去世消息的信件到达凉山工地，但已经是七天之后，他没能赶回去送葬。

---

[1] "三线建设"是一场从1964年开始，中华人民共和国政府在内地省份进行的以备战备荒为目的的大规模国防、科技、工业、电力和交通基本设施建设。三线地区是一个军事地理概念，包括中西部地区的13个省、自治区。其核心地区在西北地区和西南地区。

[2] 当时的时代背景参见"从四川修一条铁路到云南，早在十九世纪末，美、英、法等帝国主义国家都先后有过打算，有的还进行过勘察。二十世纪三十、四十年代间，国民党政府也曾断续做过一些勘察工作。但面临地势险峻、地质复杂的自然条件，都始终未能实现……一九六四年八月，党中央制定了加快内地经济建设和国防建设的战略决策，主席还具体指示'成昆线要快修'，'川黔、贵昆路也要快修'。于是，在党中央的领导下，由总理亲自部署，在全国大力支援下，展开了一场轰轰烈烈的西南铁路建设大会战"，出自成昆铁路技术总结委员会编《成昆铁路·第一册》，人民铁道出版社，1981年9月。

我们走到屋外的田坎边吹风,植物在湿热天气里散发出辛辣的气息,还夹杂着一些化工的味道。眼前,村子被各种基础建设工程撕开。刚架好的高速公路桥横穿在老路的上方,不远处各种小型工厂排着白烟,屋子前方,是开挖了一半的沟渠,几截巨大的管道倒在土地里。

在这些景象里,我想象不出外公儿时在四川老家生活的那些日子。许多无所事事的下午,外公下山,去街上舅公的粮油铺里玩,舅公会给一些甜食吃,再拿一些粮食让他带回家。他抱着清香的面块,往山上家里跑。夏天,他和堂妹一起去河边耍水,水里有老乡养的大白鹅。两人一路捡掉落在地上的核桃,拨得手指头漆黑。外公去世前不久,突然神神秘秘跟我说起,小时候在家乡,他常见到一种样子古怪的黑鸟,说它是人的"转世"。后来,"新世界"来了,世界一下翻转了过来,舅公死了,那黑鸟也再没有出现过。

"边境每分钟都有人牺牲,铁路早修通一天,就能挽救多一位战士,修成昆铁路就是和帝国主义抢时间……"老人说起当年听过不知道多少遍的宣传话语,这些话把他们带去了外面的世界。可能这些话语,是解释后来的年月最简单的方式。不知道这些声音、这些遥远的恐惧,当年如何慌乱敲击着人们,然后,他们像鸟群一样散开,又在某处会聚,长久迁徙。

寻访时间长了,我也熟悉了这些话语。这些没有主语又反复出现的文字,时间久了后,就像一条条波形线缠绕在一起,变成了空无。我恐惧一种彻底的终结,似乎就是这样的空无。外公去世前几个月,我开始用摄像机记录他的口述,我清楚记得他还在镜头的那边时,我却真实体验着一种将近的终结。他走后,我徘徊在去往各地的路上,或许当生者还在说话,一切就尚未彻底结束。重复着这些收集档案的动作,我却被熟悉的恐惧笼罩。记忆的湮灭才是必然吧。

"你问这些搞哪样?没人会记得我们这些人,我们又不是啥子重要的人。"我回到了眼前的时间。和过去一样,面对这样的问题,我还是感到窘迫,我没法说清为什么非要记下这些。可是,即便难以回答怎样的人才值得被记住,我也说不出谁应该被遗忘。

临走时,我跟着老人去屋后的地里。难得天晴,洋芋再不挖出来就要烂在土里了。去铁路前,他也是在这片地里种洋芋。干活的时候,他松下了精神,说起从前跟着老师傅们摸索失修的机械,一些从捷克、摩洛哥、日本运来的修建设备。广东的那位工人跟我介绍这位同乡时,说他是修理机械的第一把好手。

我盯着这双飞快清理洋芋的手,它们曾经同样熟练地,让那些遥远国度的老旧机器再度运转起来。最初在凉山,也是这双手举着锤头,砸向那些巨大的山石。

"我从没回凉山看过,铁路通车第二天,我们就转移去了贵州继续修路,要是还能回去的话,我想去看下我打的那个隧道,不晓得还在不在了。这几年我倒是经常想起,想不通当时我们用手咋打得出那么长的洞子。"

很多工人都没有回到过自己修的铁路线。他们通常修完一条铁路,第二天就会转到下一条,直到老年。我想起了杨工跟我说过的一件事。很多年前,一位老工人跟他说,自己修了一辈子铁路,唯一的愿望就是回四川老家探亲时,能有一张卧铺票。对那些长居异乡的工人来说,返乡并不容易。

看着眼前在自己土地上忙碌着的老人,我恍惚觉得他人生中间的几十年像是一片空白,好像从没有离开过这里。开头和结尾就这样连上了。离开前,我努力记下眼前的场景。道别时,老人们都会说下次再见,但这两年里,我已得知了好几位的死讯。

黑洞

往凉山的绿皮火车上,车窗已经全部开着,可身上还是止不住冒汗,这一年的夏天尤其热,凉山也不例外。热风猛灌进这些开口,车厢顶部电扇的那点风,刚吹出来就被它们卷走。不出一小时，身上已经黏糊糊的，大腿的皮肤和发烫的墨绿皮垫粘在一起。

"一、二、三、四……"余下的时间还长，我在心里数着车轮在铁轨交会处发出的震动声。旧时的钢轨容易变形，钢条之间必须隔出这距离，热胀冷缩后才不会相互挤压变形。车轮下的铁轨是六十年前从鞍山运来西南的，铺这铁轨时，要几人一起抬上轨道。有位曾被钢轨砸聋右耳的老人跟我说，扛起它时牙齿都快要咬碎。

这反反复复的咯噔声，召唤出儿时的身体记忆，灌满风的列车不知在往哪里开。父亲也常年流动在不同地域的修路工地上，很多个夏天，母亲带着我去那些记忆里没有名字的地方探亲。有一年，车程格外长，路的后半段，窗外是望不到尽头的田野。再后来出现的，就剩下一个画面。我和父亲站在一片灰白的河滩上，白色的沙子没过我的脚踝，我们从水里捡可以用牙嗑开的咸腥味海瓜子吃。他用塑料瓶装满了白沙，让我带回家。这记忆一直没有任何锚点，久了就像梦境一样。父亲去世后，我也从没有向母亲证实过那些年的记忆。直到去年在东北，一次和朋友的聊天中，关于这片沙滩的记忆显影了。我在地图上找到了它的坐标，那是靠近渤海入海口的一个交通交会处。二十多年前，父亲在这里修建秦皇岛到沈阳的铁路。

车厢里只有零星几人。去年，铁路新线修通后，沿线县市大都通了高铁，坐绿皮车的人少了许多，旅客几乎都来自这趟老线火车才会停靠的小乡镇。我的斜对面坐着一对年轻的夫妇，带着几大包行李，女人手里躺着一个沉睡的婴儿。一位背着箩筐的彝族妇人来回穿梭在车厢里，她手中的竹篓里有些小包零食、饮料，以及一些金银饰品。几趟来回，她在我对面坐了下来，卸下身上的重量，我随手选了一袋饮料，红色的甜腻让我越发渴了。车厢第一排坐着一位老人，头上裹着毛巾，皮肤黝黑发亮，手里握着一小瓶白酒，坐一阵就起身去车厢连接处抽烟。正午的太阳把这铁皮车厢烤得越来越烫，大家的脑袋逐渐向不同方向倒着。空气里混杂着发烫座椅皮的胶味、被风卷着的遗留的烟味，以及昏昏欲睡的气息。

我努力撑着眼皮，盯着窗外，无穷无尽的高山。这片山的表面并没有太多植被，裸露出灰褐色的岩层。更多的时候，能看到的只是远处被切开的山的截面，岩层有水流般的波纹。这条铁路沿线有两百公里地质复杂的地震区，包裹着从震旦系到白垩系的各种地层，这是一位老测量员告诉我的。实际上，除了一些植被，我分辨不出这里的山与其他地方的有什么不同。如果没有见到那些曾在这里终日挖山的人，我也从没想过，铁路是如何穿过山地的，似乎它就是自然存在的事物。

火车始终紧挨着大渡河，可这河水看起来并不像外公记忆里的那样激烈，甚至连水纹都没有，更像是一块凝固的灰绿石头嵌在峡谷里。对面盘山路上，一辆货车正在缓慢爬行。由于距离太远，小得像一块黑点，几乎看不出它正在移动，不知道那是不是他们初进凉山时走的公路。

1964年，"吃梨子的季节"，外公和公社同乡一起离开了老家。在重庆接受行前政治培训的时候，他见到了很多和自己家中情况差不多的人，几乎都是二十岁出头的男性。半个月后，他们一起上了一列密闭的火车。车厢里人挤着人，难以呼吸，不知道要抵达哪里，要去多久。这列火车把他们送到成都，他们又被转到一辆辆卡车上开进凉山。

到了下午，窗外的山脉逐渐升高。车厢如蛇形爬行在山间的沟道中，山体和车厢的距离忽远忽近，最近的时候，得把头探到窗外才能看到山顶，视线由于频频迫近的岩壁变得局促。对面山的底部，一些黑乎乎的洞口排列着。从这里开始，应该就进入凉山的地界了。

接下来的两个小时，隧道变得越来越密集，火车开始持续在黑洞的内部穿行。手机地图上的定位坐标开始停滞偏移，应该在向高处迂回爬升了，火车在山里划着回形针般的口子。黑暗已经在车厢里贯穿了好几分钟，那头的光亮还没有来，我意识到自己正在通过成昆线上最长的一个隧道，抵达了整条铁路的最高处——沙马拉达。

窗外始终漆黑一片。持续的黑暗，让我想起闷罐车[1]——一种在工人讲述中被反复提起、现在已经几乎弃用的火车车型。小时候在奶奶家门口的站台上，我也见过这些黑乎乎的老车皮，我们叫它"货车"，因为那些车厢上没有任何窗口。每修完一条铁路，工人们就挤在外面和里面一样漆黑的车厢里，去往下一个修建铁路的地方。由于要尽可能大量运人，一节空空的车厢里，有时能挤下近百人。遇到夏天，二十几个小时的路程，黑暗和高温缺氧让时间变得很慢，"分不清白天黑夜，我以为已经过了一天了，靠站下车休息时，才晓得一个下午还没过去"。

昏暗的车厢里闪着微弱的光源，窗户玻璃上只有自己的倒影，一团模糊闪动的影子。视线没有地方放，只有对着这影子空空打开，想洞穿被黑暗包裹的窗外，我却逐渐被这目光穿透了自己的内部。总想要找到什么的这几年，身心反复被疲累充斥，而这个完全与黑暗共处的时刻，那事物似乎以它自己的方式回应着我。

触觉变得格外活跃，张着开口的列车，继续吸收黑洞内部的气息。洞里涌进来的风变成潮湿的水汽，一层层附

---

[1] 闷罐车是一种战时为满足大规模人员输送需求产生的铁路棚车，国内最初使用于1948年辽沈战役，"抗美援朝"战争时也使用大量闷罐车输送部队人员前往战区前线。后来也用于厂矿道路等专用线，主要用于运送货物。

未竟的路

在裸露的皮肤上。这渗进体内的寒气，将我带回了六十年前的一个时刻：这个隧道刚挖通不久后，一位参与挖掘的工人步行穿过时，见到壁面上密密麻麻贴着工人的鬼魂。

这片喀斯特山地，在数年开凿中曾垮塌过多次。周边山上的老人都知道，为了打通这个七公里的隧道，洞里死过几百位"外面来的汉人"。隧道快要打通的一天，激流裹着沙石骤然冲了出来，吞没了洞口正在施工的人和当地居民。两年前，我翻上了附近的山头，在一群墓碑上见到刻着同一天的死亡："一九六九年七月，死于泥石流。"[1]

外公跟我说过，那隧道里还有一条暗河。1968年冬天，为了响应当时的政治口号，工人们在转移工地时，一队队从尼日乡徒步到喜德县城。三百公里，他们走了六天。走进这隧道后，水声在洞里击出四面八方的回响，洞子的壁面上都是水珠，冰凉的水滴像雨水一样打在他的身上——这山里竟藏着一条河流。

我又想起村里那位老工人的自语："这洞是怎么用手硬生生凿出来的？"火车穿行在悬浮的河流上，钻入六十年前的时空。斗争时期的一天，逃跑的路上，外公在这洞里见到一些受伤的工人，贴着洞壁并排蹲着，身上捆着绳子。

---

1 "1969年7月22日晚，沙马拉达发生大型泥石流，冲毁铁路十二处驻夯得洛工程队和汽车修配厂，有铁路职工、民工、农村社员共80人遇难。"摘自《喜德县志》，1990年9月。

那洞中鬼魂的故事,总让我想起这个更加可怖的场景。当时,他躲去了附近的河边。就是在那,外公的头被石头砸出了一道裂缝,晕倒前,他并没有看清拿石头的人。

强烈的光线突然刺向眼睛,总算出洞了。回旋的铁道逐渐后退,火车正在离开这片地形最险峻的地方,继续往南。我回头望向那片见不到边界、彼此阻隔着的山,想象着在那些年,这里如何困住了他,也许远不止那几年。

普雄墓地

这是第三次来普雄镇了,受一位老工人所托,我来找一位他同乡的墓地。这里总比周边的县城更冷一些,慢车抵达时正是黄昏时刻,几道不同的天色正在天空中搅动。我凭着记忆快速往旅馆侧边的山坡上走,顺着望过去,左侧铁道边围起了一排铁网,随铁道延伸至目光尽头一片暗绿的山群。路的右侧是一栋荒废的铁路职工楼,一整面破碎的窗户玻璃上,反射着正在下沉的光线。

铁路将凉山打开后,普雄是中转去东部几个县的必经地,在90年代被称作凉山的"小香港"。火车站旁的铁路区是镇上最繁华的地方,有铁路单位自己修建的澡堂、歌舞厅、幼儿园。火车带来了外贸货品,也将人们带去外面的世界,后来,黑暗的事物也随这铁路而来。如今,铁路区的房子几乎都废弃了,有些变成了当地孩子们的乐园。过去的痕迹被废墟包裹,我仍然能从这衰败里,辨认出最熟悉的场景。这里像极了我小时候长大的地方。

铁道边,周围的居民排坐在这乘凉聊天,对面是一片横着的山脉,也是太阳落下去的方向。火车一路在山里穿洞,风在耳朵里乱窜了一天,嗡鸣声又出现了,越来越沉的背包拽着我的身体,我回头往坡下的小旅馆走。

抵达旅馆后,我坐在一楼沙发上整理行李,等待老板出现。一位穿着迷彩户外套装、背着摄影装备的高大男性从楼上下来,他告诉我他每年都会找段时间在成昆线上徒步拍摄。此前,我在沿线各个乡镇也遇到过几个火车迷,他们徒步穿山,翻到各个角度的观测点,等待火车出洞的时刻。这条战备时期修建的铁路线,对很多人仍然有着特殊的意义。

他向我展示手机里的一个相册,里面全是铁路沿线的照片。在一张照片里,我看到去年路过的一个隧道,隧道上方斑驳着四个书法体题字:永远革命。当时我在那隧道前站了好一阵,这样两个熟悉的词语出现在深山中,把我拽回了一段记忆——我想起外公跟我提起过的一位工人。那位贵州青年身体强壮,但智力水平是个小孩,大家都叫他"傻子"。每日劳动时,"傻子"都用绳子在背上捆着一个破旧的钟,这钟的指针从没有转动过。有人嘲笑他时,他会生气:"你们不知道吗?时间来不及了。"才来凉山不到一年,"傻子"就在施工时坠下崖摔死了。

有次我的梦里,竟然出现了那个钟,一开始还贴在"傻子"的背上,在我眼前晃来晃去,后来背着这钟的人成了我自己,那静止的时间压着我,慢慢变成了一块越来越大的石头……

"你知道为什么沿线的火车站都离县城很远吗?"还没等我反应,他自己回答起来:"这是朝鲜战场时的经验,避免轰炸目标太集中,在战争中,保卫铁路才可能胜利……"这个回答让我有些意外,已经衰老的铁路边,还回旋着六十年前的声音。

一年前,成都至昆明的高铁通车,这条铁路老线不再有太多实用价值。除了每天只有往返一趟的客运列车,以往频繁往来的货运列车也少了许多。一阵闲聊后,迷彩男准备先去铁路桥边,等等通过的火车,他想拍张夕阳时火车通过的画面。我们匆匆道别。

这家旅馆叫"夏日阳光",马老板说普雄当年繁华的气氛就和这名字一样。马老板是旁边越西县的汉人,开这家小旅馆已经三十多年,由于这两年沿线的调研旅途,我们已经见过好几次,他招待我在大厅一块吃晚饭。与前几次空荡荡的旅馆不同,一楼坐满了穿着铁道工服的工人。高铁通车后,路过普雄站的人少了很多,大部分的生意都来自沿线作业的铁路职工。马老板告诉我,工人们一个月前就住进来了,他们要沿着普雄把铁网朝两头铺开。全线都已经开始进行这个工程,过不了多久,整条铁路就会完全封闭起来。马老板也有些疑惑,几十年来,火车已经撞死过不少人和牛羊,怎么现在突然开始这个工程。

晚上,我沿着轨道边的铁网散步。以后应该很难再走上这条铁道了,我钻进一处暂未封好的口子。对面一位背着箩筐的婆婆正从铁轨那边的山坡上爬上来,走近后我们对着彼此默契地笑了一下。我才看清让她的腰弯成近乎九十度角的是一满筐的洋芋,她从我进来的开口处走了出去。

铁路进入这片山地之前,人们早已在大山里走出了自己的路线。道路起起伏伏连接着彼此,也延伸向另一片山,后来,铁轨划断了这些原本的路。当地朋友和我提起,1970年通车后,火车开进村庄,她的外婆对着这怪物惊呼,这玩意躺着都这样长,站起来不晓得有多高,要给它喂多少草才跑得起来呢?但人们很快就不再害怕这怪物,大家娴熟地横穿过它走上从前的路,也顺着铁轨去往沿线的其他乡镇。但时常有人被火车撞死,当地一位朋友的祖父就是在醉酒后晃荡到铁道上,被后面驶来的火车吸进了车轮。

我踩着铁轨往前小跑,脚尖朝内、前脚掌快速触着轨道最不容易失去平衡，这种在百无聊赖的路上反复形成的身体记忆还没有消失。小时候，我住在湖南一座小城郊区的铁路片区，每天上学都得走一段铁路。湖南的暑热里，两边的池塘散发出刺鼻味，铁轨边的灌丛里，成群的粉蝶围着紫色的野花。傍晚，灰尘一样的飞虫挤在一堆，像阴云一样，跟在我们这些小孩的头顶上。很多年后，走在那条铁道上的记忆，仍然会像幻梦一样闪现。

去年调研在旅馆住着时，几个附近的彝族小女孩总来找我玩，我们也一起去走铁路。她们提醒我晚上不要来这附近，以前有晚上走铁路的人，走着走着就被鬼"控制"，火车开过来，那人也仍旧站在上面不动，于是被撞死了。女孩们告诉我，铁路上的鬼就是以前来修路死的汉人，死后没做仪式，埋在路边，就变成了野鬼飘在铁路上和河流边。

坐火车进凉山，一路上都能看到铁路工人的墓园。听了女孩们的故事，在沿线跑动时，我总想起她们说的野鬼，他们还在河流上、隧道里、树林中。这次嘱托我来寻墓的老人，几次向我提起他这位同乡友人，"他性格很幽默，多爱笑的"。1965年，这位工人在挖隧道时，因洞子垮塌死亡，二十三岁，葬在普雄。

第二天上午，吉果木骑着他的三轮车，在旅馆门口等我。他告诉我，镇子附近有好几处几十年前铁路工人的墓地，只能一个一个找。吉果木是马老板介绍的，年轻时出去打过工，汉语说得熟练一些。在轰隆隆的颠簸里，我们从半山一路往下穿进平坝，路的两边，是大片玉米地和一些灰色砖房。

不到一小时的路程，吉果木停在了一条田埂旁。他带我沿着一条田地中的小路走，这看着并不像去墓园的路，越往里植物长得越密，我低头尽量躲开在手臂和脸上不停划出细小口子的荆棘。直到植物将要没住视线时，树丛后依稀透出一片灰黑色的坟茔。这地方不知道多久没人来过了，墓碑几乎完全被那些尖利的植物爬满，表面的石缝里还钻出一些粗壮的根系，一阵浓烈的泥土腥味在暴晒下蒸腾出来。这气味让我身上涌起一阵寒意，回头才发现吉果木远远停在了原地，他挥手说自己不敢靠近。

我钻到墓群的正面，扒开遮挡碑面的枝干，每个墓碑上都有那个铁道标志。我在心里默念要找的名字，一个个走过去，江津、资中、南充、三台……一九六六年、一九六七年、一九六八年……再深的一小片进不去了，枝干和藤蔓几乎缠成了一堵墙。

我转头往吉果木的方向走，一阵绵长的汽笛声响起。这声音在山谷里撞出了回声，比在车上听时大许多，一列绿皮火车在不远处呼啸而过。原来这片墓地就正对着面前的铁路线。

"你找这些坟墓做什么?"离开的路上,吉果木终于开口问我。我说了来寻人的事。吉果木沉默一会儿后,说起了小时候。有一年外面来了好多工人,这些人每天就在这山谷里排开一长列干活。他和其他小孩们喜欢在夜里停工后,爬上一个奇怪样子的黄色机器,那些工人也不赶他们,有时候还给他们一些吃的。工人们大都很沉默,每天就排成一条长长的线,埋头挖土,搬石头。这是吉果木关于铁路工人仅有的记忆。

吉果木继续骑着轰轰响的车,带我朝着铁路线相反的方向开,他说另一处可能也葬着铁路工人。不断的颠簸让我的脑子停了下来,只是呆呆看着没有坐标的风景。我们经过一座石桥,顺着红褐色的河水望去,远处厚重的云层压在深蓝色山脉上。

车又停在了一个半坡处,我拐进上坡的小路。坡的路边隐现着一座水泥墙门,周围水流般的枝叶几乎完全掩住了这堵门,依稀可见未褪掉色的深红标语,它们提醒我没有找错地方。我穿过它走进去,高耸的树木们围出了一团敞开的空间,把我包裹在黑乎乎的林子里,地上躺着几座盖满植物的坟茔。头顶的树叶被风吹出隙缝,我踩着水纹般的光线,在这些墓碑前缓慢移动。这里依然没有那个名字。

又一阵晃动,夜里倒在旅馆床上感觉动弹不了,明明白天没有走多少路,身体却沉得像注了水,一直睡不沉。我起身趴到窗边,这窗户裂着一个开口,晚上一直下雨,带着湿气的冷风不断往房间里灌着。我贴近裂口往外看,暗淡的灯光里,一列黑色的货运列车正在通过跟前的铁路桥。窗口离铁道只有几十米,一有火车经过,房间就会跟着晃动。这响动倒没有困扰我,甚至让我感到安稳。小时候在几个不同的地方生活,语言和气候毫不相同的那些处境中,火车的声音总是沉睡前最后的印象。

我把窗帘角揉成一团塞进窗户的裂缝里,裹紧被子缩在床角睡去。梦的混沌中,又一列黑色的火车驶过眼前,忽然这车皮敞开了,几位故去的亲人坐在上面,他们好像在看着我,画面一点点推向眼前。

他们知道我来了吗?

消失的杉林

我和吉果木约好了第二天上山,他把轰隆隆的三轮车灌满了油。年轻时他上山走的还是六十年前林场挖的土路,几年前,为了将巨大的风电叶片运到山顶,这路变得又平又宽。吉果木也很多年没上过这片山了,从前山上还住着一些亲戚,这些年几乎都被迁往山下的集中安置点,如今只有几个牧民在上面放牧。

上次来时我就打听了那个叫"布洛伊达"的地方，却始终没找到它的位置。"布洛伊达"，这是那片森林几十年前的叫法了，现在当地年轻人不再知道这个名字，吉果木一听竟然就知道在哪里。九几年时，他帮外面来的林业公司在那拉过木头，那里是新中国成立后的国家林场，有大片原始森林，大都是冷杉树。只是在当时，吉果木就没有见过那些生长了几百年的冷杉了。

1968年，普雄上游尼波镇山脚下，一百多位工人被泥石流冲入了牛日河。当地人很早就有种说法，那片山下不能居住，更不能挖山，会有灾难。工人们的遗体后来顺河而下，有三十三具冲到了普雄的洄水湾里，后来几日，数千位工人从周围沿线赶来送葬，他们将从布洛伊达林场运下来的冷杉木砍成板块，为死去的工人制作棺材，将这三十三位工人埋葬在铁路边。

其中一位制作棺材的工人在信中问我：

冷杉木细纹路清，带着一股清香味，在森林里望不到顶，双手抱不住树干……你见到布洛伊达那些大冷杉和箭竹了吗？

修建成昆铁路时，隧道内的支架、工人的临时房屋、搭建施工的便桥，都要用到周边山上砍下的木头。运送木材的是铁路沿线的河流，被砍下的巨木从上游金口河、汉源一带顺流而下，工人就在河流的各个洄湾里拾起。[1] 不知道那些用于铁路修建的冷杉，现在还以怎样的形式存在着。

我们在暗绿的山群中一路攀高，目及之处却只有密布的年轻松林。远处半山上出现了一片平坝，隐约见到一位披着查尔瓦的牧羊人正赶着一群羊往下缓缓挪动。吉果木停下车，"你看到那边的石头堆了吗？那里埋的也是铁路工人"。他告诉我五六十年前这里有一场大火，救火死了的工人就集中埋在这。我把镜头推到最长，仍然看不清石堆的样子，只见到牧羊人身后的地上黑乎乎一片。

车停在了这条路的最高处，远处更高的山脉环着我们。应该像吉果木所说，那片冷杉早就被砍光了，眼前的这片松林，是90年代后飞机撒下的种子长成的。吉果木翻过路边护栏搜寻了一阵，捡了几根长长的锦鸡羽毛走出来。我发现他在山上时，变得开心起来，笑的时候眼角有几道上扬的深纹。他拍了几张照片，说要给小女儿看，他有四个小孩，三个大的在东部打工，最小的女儿在镇上读书，他

---

[1] 布洛伊达林场原属四川凉北森工局管辖，当年四川供应成昆铁路修建木材的林场单位有布洛伊达林场、汉源娃娃营木材收漂站、金口河木材收漂站，后两个供应单位的木材产自大渡河上游的林场。

转头问起我家里的情况。我告诉他家里人不多，都生活在不同的地方。

我很难向吉果木简单描述我的家庭，他们都是常年跟着铁路流动的人，到了生命尽头也一直是异乡人。和母亲的家庭一样，父亲的家庭也与铁路相关。爷爷去世几年后，我去了湖南那个铁路边铺满灰尘的安置房，翻出了一本旧相册、一本铁路工人证件和一张破旧的纸，上面写着太爷爷1952年因历史反革命罪死于狱中，那是一张对他国民党官员身份的平反证明。这张纸印证着爷爷对于家中厄运的揣测，似乎后来一切的不幸，都源于自己父亲的遗体无迹可寻。被抄家后，年纪尚小的爷爷被军队捡去朝鲜的战场当号手，战争结束后，他在大兴安岭修中苏边境的铁路线。记忆里他的话很少，像是习惯了在多舛命运中用沉默保护自己。前两年在父亲生前好友那里，我见到了父亲留下的一副鱼竿和一块旧表。他俩都出生在三线建设时期，六盘水的铁路工地上，和许多铁路工人二代一样，二人从孩童起，就有着相同的流离轨迹。这十多年里，他一直戴着父亲的表。

"杉树！"下山路上，吉果木急刹住车回头叫我，手指向右前方的一片山头，我的眼神跟随他指尖的方向，落在了突兀于那片松林、一棵更高大的树上——它的形状挺立，层次分明，枝尖有略微上翘的弧度。

此时出现的杉树如同一种隐秘的奇迹,像是有什么幸存下来了。

吉果木看着比我更激动:"我就说了这里以前是杉林嘛,可能是当时砍剩下的杉树种子飘到土里了……我们彝语叫它'shu','shu'还有'记忆'的意思。"

记忆。

我站在正在下降的夕阳里,默念着这个发音,视线穿过杉树的方向延伸往北,远处是成群更高的山脉。再翻过去数百公里就是甘洛了,那里是外公反复说起的那年逃回家的起点。

逃亡

车轮卷起一片片浓密的粉尘,我摇起车窗,眼前一个接一个出现只有靠近才看得清的悬崖弯道。司机麻卡告诉我,这片山几乎已经被掏空了,肠道一样的矿洞穿过山的体内。麻卡大约四十多岁,手臂上有一些泛白的疤痕。

和甘洛90年代很多人的轨迹相同,还没成年时,麻卡就在矿场谋生了,几乎在周边所有的矿场都干过活,他一路说着二十多年前,这些矿道里发生的难以置信的暴力。我们从县城绕进山的深处,往埃岱乡的方向走,铁路线始终时远时近地贴在窗外。成昆铁路在初期规划时有三个设计方案，由于沿线勘探出了矿产资源，最终定下了这条修建条件最险恶的线路。

眼前的景象被厚厚的粉尘笼罩，强光也被这灰蒙稀释了，天空泛着黄灰的蓝。我们通行的狭窄土路是80年代为了挖矿修的，山体侧壁暴露着土黄色的岩石，有一些灌木的根系扎在上面，隔一段时间就有碎石滚落下来。

麻卡带我拐进一条小陡坡路，沿途开始出现矿业公司的标语，我们在一堆黑灰的石头边停下，拖运车正从对面的洞口开出来，上面的人满身漆黑。

他蹲下翻看这堆石头，"这些不是矿石，是挖矿的时候凿出来的石料，铅锌矿可比石头重多了，背上石头还好走，背上铅锌走就费力了"。他捡起一块石头在另一块上摩擦着，继续回忆背矿石的经历，"就像背了个喝醉的人，会感觉越来越重……你看，这些发光的就是铅锌矿"。

这片地区在2000年左右经历矿改，骤然落下的政策，把以矿为生的人的命运翻转了。矿改后，有位贷款开矿的年轻老板被没收了矿井，终日抑郁，有一晚在酒醉中燃烧了自己的被褥。麻卡说那些年这样的事情很多，山和人的命运总是搅在一起。我捡起一块闪烁着黑粉的石头回到车上。

下山路上，麻卡得知了我的来意，告诉我他曾听闻的一件事。90年代县城一处工地地基里挖出了一些尸骨，当时流传是当年修铁路的人。我抹着手指上漆黑闪烁的矿粉，搜寻过往记忆里的信息。为什么会在县城里呢？他们怎么死的？沿线路上，我听到许多难以再被证实的传言，它们拼凑着那些年的样貌。可一旦被编织成顺滑的故事，那个曾经靠近过我的事物似乎就远去了。

县城里密布着各种正在施工的工程，随处可见嵌在土石方上的防风绿网。新的火车站在河对岸的半山上，一路都是楼盘规划的宣传画。高铁修通后，高楼逐渐在这片河谷里拔地而起。一路穿出县城中心，省道边的甘洛老火车站关着门，旁边是那些一眼就能识别的集体主义时期建筑。它们的灰色墙体和深红砖块，在这座矿区县城的灰蒙里更加黯淡了。我所途经的铁路沿线的县镇老站外，几乎都是这样的景象。

我走进车站对面的小餐馆歇脚，只剩这家店还开着门。老板是燕岗人，那里曾是加工枕木的站点，后来一些燕岗人随铁路进入凉山，他们做的菜尤其好吃。与普雄一样，甘洛的90年代也充斥着各种混乱，这餐馆见证了不少流动中的暴力。老板聊起，那个混乱的时期，生意也是最好的时候，如今，高铁就在河对面的山上，自然没人来老车站坐慢车。燕岗老板计划着，明年要关了这经营了近三十年的小店回老家。

抵达旅馆时天刚黑透，斜对面隐约看得见一座铁路桥，一排粗体老式桥墩立在泛着波光的河水中。在沿线跑动时,我习惯在靠近铁路线的地方找住处,旅馆老板多少都会与这铁路有交集。

这家的老板是旁边山上坪坝乡的汉人,老家的房屋就在古道[1]边。清末,她的祖父在这条古道上赶马运盐。她小时候家门口有几棵参天的树,她总觉得这些树应该已经成百上千年。政治运动时期,被批斗的舅舅曾说过这些古树风水好,第二天,门口最大的两棵树就被砍了。她还记得,在古道上有过一些奇怪的逃难者。60年代,镇上来了一位不知道哪来的人讨饭吃,那人留着大胡子,像个外国人的模样,村里人猜测,他是国民党遗落在凉山里的逃兵。又过了一两年,那段时间,总有不知道从哪片山爬上来的铁路工人,他们通常几人同行,沿着这古道,像要逃去哪里。夜里,这些人就睡在村口的路边。她给过一些工人煮熟的土豆,记忆里他们一身漆黑,也看不清脸。

成昆铁路1970年完工,甘洛至峨眉的铁路于1966年提前通车,那时火车就开始把甘洛的煤往外送。1968年夏天,在混乱中,外公扒上了这趟运煤列车的车顶,和很多陌生人一起坐在煤渣上,火车往北边家乡的方向驶去。在跑到甘洛之前,他已经花了两天时间,从河流下游的山坳出发,

---

1 指位于甘洛县境内的清溪峡古道,属于"南方丝绸之路"的一部分。

未竟的路

在饥饿和恐惧中一路步行,翻了好几片山。县城人山人海,斗争在县城里发出巨大轰鸣,峡谷里四散着浓烟。铁道旁,挤满了像他一样慌乱的人。那一年,工人们从沿线各个工点翻山逃到甘洛,想要离开这片战场。"这就是战争啊,翻斗车改装的坦克,炸药,修路的工具都可以用来打人,根本不知道谁在打谁。"他眼见一位熟识的技术员,一片胸口的骨头被打断了,在床上吐了几天黑血。凉山夏日的烈日灼人,倒在火车上的一天,他看到身边的人眼眶里都塞满了煤渣。没有水喝,人渴出了幻觉,竟觉得钻隧道时,洞顶在塌下来。火车每穿行过一次山洞,他都感觉自己死了一次,像是脑袋已经被撞碎了。

余下的几十年,他几乎每天都在自语着这反反复复的死亡,仿佛只是躯壳幸存了下来。

在甘洛徘徊了几天后,我顺着铁路沿线,往外公当年逃出凉山的方向去。途中经过利子依达火车翻坠事故的遗迹[1],当年被冲断的桥柱还浸在河水里。漆黑的隧道口正对着当年火车坠下的方向,一群白羊从洞里隐隐浮出。一位牧羊人跟在羊群后,慢慢走了出来。他就是这里的村民,说自从那年火车出事后,他穿洞去山那边放羊时,总听到

---

[1] 指1981年7月9日凌晨发生的成昆铁路列车坠桥事故(又以事故地点被命名为"利子依达事故")。约有两百余人在事故中死亡或失踪。

一阵阵的脚步声。这声音每日每夜都出现，久了之后，村民也不害怕了。那年深夜，暴雨和泥石流冲垮了隧道外的铁路桥，列车冲出隧道洞口后，直接翻入大渡河。许多关于这里的灵异传说，都指向当年那些没有下落的遗体。这些故事，像是某种记忆的残像，在口口相传中，萦绕在这条充满创孔的铁道边。

在凉山的最后一年，外公转移去了安宁河谷，修建卫星发射基地外的支线铁路。1970年，成昆铁路通车后，他离开了凉山，没有再回来过。从成都南下，沿着大渡河，往安宁河谷的路上，横断山脉激烈的山地逐渐被拉开，地势顺着安宁河变得平缓开阔。最后那一年的日子好过了许多，斗争进入尾声，他负责从西昌采购物料和食品，有时候还能在城里转上半天，再沿河谷返回工地。他没有进去过支线那头的卫星基地，那是一块秘密的土地，在修建基地前，里面的"五类分子"们都被赶了出来。在喜德县的附近，我听到关于这基地更多的声音，发射失败的卫星残片坠落在周边的村庄，又化作传言离开这片土地。

从甘洛逃回老家那年，才两个月，家里就几乎断粮了。为了能拿到一个月二十八元的工资，他只能返回那片封闭的战场。去年我找到他的同乡，拼凑那几年有关他的碎片，那段时间，他在工地上反复挨打，"其实服服软就不会挨打了嘛，他太倔了"。这些消息传到了老家，他的母亲曾写信给同乡，托付他多劝劝。同乡记得他被反绑在食堂的角落里跪着，还记得好几次斗争后，他沉默地走出会场，走去了河边。多年前的一天，外公突然和我说起那时。他告诉我，在一天夜里，他偷偷将那本册子撕成碎片，扔进了大渡河。

终

西昌的日光像是种恒久的存在，这光似乎能将时空抹平，现实的褶皱被一点点展开，但也始终反射着空茫茫的一片。在这里的日子，真实更加远去了的感觉总是萦绕着我。当下的世界里，关于这条铁路的记忆早已被稀释。湖面反射的强光刺痛着眼睛，河谷地带的大风晃动着这些光晕，聚合又散开。

邛海湖底在数十万年前因地质构造断陷而形成，那里有着山河转变而来的沉积物，或许还有当地传说中那座因大地震沉入湖底的古城。或许世界此时的模样只是许久之前的另一面。在长江边见那位老工人时，他说起过一件怪事。在凉山修路的时候，有传言说每年六月六、九月九，这湖中间会有动物升起，于是那些年一到日子，他和工友就从沿线去湖边守着，但他们从来没看到过。听到这话时，一种奇异的感受冲击着我。几十年后，老人说起这古怪的记忆，神情里却连一丝怀疑也没有。我盯着湖水，想起一路上许多无法确证的事。

我想起外公童年时见过的黑鸟。为什么在离开这个世界前，他才突然与我说起这"转世"而来的黑鸟。我会有一天亲眼见到它吗？即使不能，我也已经知道它的确存在过。也许它还仍然存在着。我突然意识到，黑鸟是外公选择与我共享的秘密，关于消逝，也关于重生。

冬日的末尾，翻上蓑衣岭[1]。风景是记忆里更恒常的部分，这里和外公六十年前的描述没什么不同。山体里凿出的狭窄道路盘旋环绕，车子在如巨型牙床的岩石下穿行。随着攀爬的位置逐渐升高，雾气沿着路边的悬崖迅速升起，一阵阵撞向车前玻璃，斜前方的太阳被浓雾化成一团浑浊的光，除了这晦暗的光点，几乎只看得到眼前的路。

在这条民国时期修建的公路上，装载着修建成昆铁路的枕木、钢铁、建材和食物的卡车曾如蚁队爬行了数年。人们借助这条抗战公路，才能艰难搭起铁路线。这些汽车通常五辆一组行驶，相互照看。有一次，带队的车翻进了浓雾中，后面的车都跟着前一辆，于是接连坠入悬崖。外

---

[1] 国民政府于1939年至1941年修建乐西公路（乐山—西昌），蓑衣岭是乐西公路的最高点，海拔2800米，终年雨雾弥漫，时常冰雪覆盖，最低气温零下十多度，是修建最艰难的地段。据记录，仅此路段就死亡两千多人，共有约两万余人死于修建乐西公路。

公所在的那辆车到了悬崖跟前,司机才看清雾后的深渊,差点没刹住车。

外面的温度应该很低了,车窗内部迅速被水汽覆盖。据说修建这段道路时,除了意外,工人们多死于极寒。车子绕山又盘升了一阵后,视线越来越窄,一个立着几块石碑的垭口突然出现在眼前。走下车后,身体被潮湿冰凉的狂风持续撞击着,我在一块碑前蹲下:

曾有两万余彝汉民工在此苦战,没有人知道他们姓名,他们的英灵永远守护这段公路。

在垭口的分界处走了一会儿后,没有意识到手指已经冻得没了知觉,不受控制地颤动着。石碑后巨大的高压电塔如巨兽耸入上空的气层,目光再往高一些,看到的仍是那团晦暗的光点,大风卷动着阵阵迷雾迅猛而过,声音随没有方向的雾气而来:

我们永远徘徊,没有回家的路。

001	Acquaintance with a Springtime	
		Zhou Wei
031	The Birds of Yingjiang	
		Ren Ning
073	Innocent Reactionaries: What It's Like to Be a Fungus / Lichen / Moss / Forest	
		An Xiaoqing
105	The Story I Want to Tell about the Pheasant-Tailed Jacana	
		Chen Chuangbin
151	An Illinsky Pool of My Own	
		Ouyang Ting
181	The Scent of Cypress at Dusk	
		Shen Shuzhi

SAILORS PROJECT

235	Learning to Make Clothes	
		Lin Xuehong
253	Unfinished Road	
		Rui Lanxin

撰稿人

周玮,博物学爱好者,英美自然文学译者,任教于北京外国语大学。

任宁,喜欢自然环境多过城市生活。发现了全中国范围内、云南德宏州境内和美国得克萨斯州哈里斯县的鸟类新记录。喜欢和创意人和创业者打交道。渴望描述生命的细节,把鸟作为对抗"时间失真"的方式。当你一只一只鸟地记下,就好像某种时间线变得稳固。

安小庆,彝族,传媒人,写作者。曾任《南方都市报》资深记者、《人物》杂志主笔。代表作《她们和她们》《葬花词、打胶机与情书》《背上的桃花,水下的故乡,三峡30年》等。作品两度入围"全球真实故事奖",获得该奖项2020/2021年度"特别关注作品"。立志成为一名合格的地球旅客、横断山妇女和植物的孩子。

陈创彬,男,1988年生,广东潮汕人。2018年开始观鸟。2020年回到家乡,开始进行持续的自然观察,尤其是鸟类的生活,并开始书写它们。

欧阳婷,自然写作者,出生于新疆,生活在北京,曾在媒体工作多年,出版有自然随笔集《北方有棵树》。十多年前开始沉迷于观察和学习自然,并且进入到自然写作领域。喜爱植物和鸟类,喜欢观察植物的生长机制、鸟类的行为,同时也密切关注着身边的生态、环境议题。目前在新作品的写作中。

沈书枝,80后,安徽南陵人。关注乡村与自然,有散文集《八九十枝花》《燕子最后飞去了哪里》《拔蒲歌》《月亮出来》。现居北京。

林雪虹,马来西亚人,现居天津。曾获第十五届花踪文学奖小说评审奖。作品见于《星洲日报》《北京晚报》《南方周末》《字花》《山花》《滇池》等。当过家教、咖啡馆侍应生、翻译、中文教师。已出版散文集《别处的月光》和繁体中文版长篇散文《林门郑氏》。简体中文版《林门郑氏》将于夏天出版。

芮兰馨,四川大学艺术学理论博士,现为独立研究者。近些年她的研究从成昆铁路修建史展开,跟随铁路工人与见证者的回忆,重访和书写20世纪(1950—1980)西南铁路建设的多重记忆空间。

在以下书店，你可以买到《单读》

北京

AGORA 阿果拉书店
刺鱼书店
单向空间·郎园 Station 店
单向空间·檀谷店
豆瓣书店
Jetlag Books
建投书局
可能有书
库布里克书店
码字人书店
三联韬奋书店
书生自助阅读空间
SKP RENDEZ-VOUS
万圣书园
西西弗书店
中信书店

本溪

门洞里书店

长沙

阿克梅书店
捕刻书店
回望书店
几何书店
镜中书店

成都

读本屋
方所书店
浮于野书店
来树下书酒馆
三联韬奋书店
文轩 BOOKS 高新店
無早书店
小小小一点·书店
寻麓书馆
野狗商店 DOOGHOOD BOOKS
一苇书坊

重庆

精典书店
匿名书店
茑屋书店（重庆印象城店）
小悟循环书店
飲火書店

慈溪

o'book store 噢卜书多

大理

海豚阿德书店
小路书屋

东莞

昨日书店 Gestern Bookstore

东营

识光书店
一般现在时书店

敦煌

知鹩书店

佛山

单向空间·顺德 ALSO 店
先行书店

福州

无用空间

广州

1200bookshop
方所书店
留燈书店
唐宁书店
学而优书店

贵港

普通书店
一稚书馆

桂林

刀锋书店
宛照书店
野山书店

贵阳

酒三多书店
暄风书店

哈尔滨

雪山书集
众创书局

海口

二手时间书店

邯郸

人间食粮书店

杭州

代达罗斯书咖
单向空间·杭州乐堤港店
单向空间·良渚大谷仓店
会饮书店
火上书店
牡蛎书店
茑屋书店（杭州天目里店）
乌托邦书店
尤利西斯书店

合肥

长江和集书店

湖州

安定书院

济南

不贵书店
阡陌书店

昆明

庇护所书店
芦苇书屋
璞玉书店
橡皮书店

兰溪

无用书店

漯河

禾澧书店

南昌

陆上书店

南充

悦时光书店

南京

拱廊计划·文化俱乐部
锦创书城
先锋书店

南通

草木书店

宁波

地下书房
左岸和城市之光书店

秦皇岛

单向空间·阿那亚店
龙媒书店

青岛

方所书店

曲靖

玖柒書店

泉州

赤子空间
芥子书屋
鸟岸书店

上海

朵云书院
foo'mart 東西公园
开闭开诗歌书店
乐开书店
茑屋书店
泡芙云书店
思南书局
未来书店
幸福集荟·黑石

绍兴

白鱼书店

深圳

方所书店
内山书店

沈阳

玖伍文化城
紙曰書店

苏州

诚品书店
归途书店
九分之一书店
慢书房

唐山

清凉艺文咖啡书店

天津

内山书店
桑丘书店

潍坊

大风书店

乌鲁木齐

左边右边书店

无锡

半两书店
瑾槐书堂

武汉

诚与真书店
鹅社书店艺术馆
极乐玫瑰书社
境自在书店
在这咖啡
卓尔书店

厦门

串门乡村杂志舍
小渔岛书店
一只耳 Art&Books

咸宁

佩索阿书店

湘潭

好语录的安慰

烟台

理想书店

银川

蔷薇书店

玉林

a room of one's own 书店

郑州

目录书店
野狗商店 DOOGHOOD BOOKS

舟山

非岛书局

珠海

无界书店

德国汉堡

卜卜书斋

法国巴黎

八梨空间

荷兰鹿特丹

野渡书店

马来西亚槟城

岛读书店 Book Island

日本东京

单向街书店·东京银座店

新加坡

The Zall Bookstore

英国伦敦

光华书店
书贩（线上）
未读書店

* 欢迎更多书店与单读合作，敬请联系 dandu@owspace.com

图书在版编目（CIP）数据

单读.41，我看见了鸟 / 吴琦主编. -- 上海：上海文艺出版社, 2025. -- ISBN 978-7-5321-9332-5

I. C53

中国国家版本馆CIP数据核字第2025141FU4号

责任编辑：肖海鸥　魏钊凌
特约编辑：何珊珊　罗丹妮
书籍设计：李政垿
内文制作：李俊红　李政垿

书　　名：单读.41，我看见了鸟
主　　编：吴　琦
出　　版：上海世纪出版集团　上海文艺出版社
地　　址：上海市闵行区号景路159弄A座2楼 201101
发　　行：上海文艺出版社发行中心
　　　　　上海市闵行区号景路159弄A座2楼206室 201101　www.ewen.co
印　　刷：山东临沂新华印刷物流集团有限责任公司
开　　本：1092×790　1/32
印　　张：9.125
插　　页：12
字　　数：165,000
印　　次：2025年8月第1版　2025年8月第1次印刷
Ｉ Ｓ Ｂ Ｎ：978-7-5321-9332-5/I.7318
定　　价：59.00元
告　读　者：如发现本书有质量问题请与印刷厂质量科联系　T：0539-2925888